DELIUS KLASING

Harald Schwarzlose

KLAMPES
GESCHICHTEN

Die Erlebnisse
des Fahrtenseglers Wegerich Klampe

Delius Klasing Verlag

Die Deutsche Bibliothek – CIP-Einheitsaufnahme

Schwarzlose, Harald:
Klampes Geschichten: die Erlebnisse des Fahrtenseglers
Wegerich Klampe/Harald Schwarzlose. –
1. Auflage – Bielefeld: Delius Klasing, 1998
ISBN 3-7688-1049-6

1. Auflage
ISBN 3-7688-1049-6

© by Delius, Klasing & Co.,
Siekerwall 21, 33602 Bielefeld

Zeichnungen: Kurt Schmischke
Schutzumschlaggestaltung: Ekkehard Schonart
unter Verwendung zweier Zeichnungen von Kurt Schmischke
Satz: Fotosatz Habeck, Hiddenhausen
Druck: Clausen & Bosse, Leck
Printed in Germany 1998

Inhalt

Ausguck

Der geneigte Leser wird sich fragen, ob ein anständiger Mensch, wie es ein Segler zweifellos ist, Wegerich heißen kann. Und er wird sich des weiteren Gedanken darüber machen, ob die Erlebnisse des Seglers Wegerich Klampe, die in diesem Büchlein festgehalten sind, allesamt der Phantasie des Autors entstammen.

Wegerich Klampe gibt es einerseits nicht und andererseits doch. Sein richtiger Name ist Werner Klampe. Erfunden hat ihn Kurt Schmischke, der die folgenden Geschichten mit treffenden, humorvollen Zeichnungen illustriert hat. Dem Autor war allerdings der Vorname zu profan, und da der Fahrtensegler Klampe ein eher bodenständiger Typ ist und eine recht robuste Natur hat, lag der Vergleich mit einem Unkraut nahe, das nicht auszurotten ist. Aus Werner wurde Wegerich, was Standesbeamte entschuldigen mögen, die vergeblich im Standesregister nach einem solchen Vornamen suchen.

Wegerich also wurde aus einer Laune heraus geboren, wobei er allerdings dem Charakter nach einem Segler ähnelt, der dem Autor recht nahe steht. Böse Zungen behaupten sogar, daß Wegerich Klampe sowie seine Bordfrau Elsbeth autobiographische Züge tragen. Sicher ist jedenfalls, daß sich alle Geschichten so oder ähnlich im wahren Seglerleben zugetragen haben, wobei dem Autor ein wenig schriftstellerische Freiheit zugestanden sei, wenn es um das Arrangieren einer passenden Pointe ging.

Es wird nicht ausbleiben, daß der eine oder andere Fahrtensegler aus dem norddeutschen Raum sich in einer der Erzählungen wiederfindet, und es wäre unehrlich, an dieser Stelle die Floskel einzufügen, daß »Übereinstimmungen mit tatsächlichen Ereignissen oder lebenden Personen rein zufällig und unbeabsichtigt« seien. Die Übereinstimmungen waren beabsichtigt.

Fahrtensegler sind nun mal nicht anders, und ihre Erlebnisse ereignen sich in ähnlicher Form immer wieder. Wie sagte doch schon ein großer Dichter: Der Mensch hat es nicht gern, wenn man ihm den Spiegel vorhält. Sicherlich machen da Klampes Geschichten keine Ausnahme.

Winterfreuden

Wenn der Termin zum Aufslippen der Nixe naht, wird Klampe wehmütig: Die Saison war wieder mal viel zu kurz, und nun soll er sich schon ums Schleifen des Unterwasserschiffes kümmern, wo doch die Herbstsonne noch so freundlich scheint.

Nein, im November drückt Klampe auf die Tränendrüse und jammert so lautstark, daß er seinen Freunden richtig leid tut.

»Den ganzen Kram muß ich allein machen«, greint er, »jedes Wochenende in der kalten Halle, und niemand hilft mir!«

Elsbeth, die mit Wegerich das stille Abkommen geschlossen hat, daß die Winterüberholung Männersache ist, traut dem wehleidigen Getue ihres Skippers allerdings nicht. Irgendwie wird sie das Gefühl nicht los, daß Wegerich es am Wochenende immer sehr eilig hat, zur Winterlagerhalle zu kommen.

»Ich muß was schaffen«, erklärt er dann bedeutungsvoll.

Eines schönen, aber kalten Wintertages wird Elsbeth von einer Freundin abgeholt.

»Du, wir fahren mal zum Yachthafen und gehen da spazieren, dann können wir Wegerich besuchen und sehen, was er schon geschafft hat!« schlägt sie vor.

Vorsorglich packt Elsbeth noch eine Kanne frischgebrühten Kaffee ein.

Feuchte, kalte Luft schlägt ihnen entgegen, als sie das Hallentor öffnen. »Brr«, schüttelt sich Elsbeth, »wenn ich hier bei Null Grad auf dem Boden unterm Schiff herumkriechen sollte, hätte ich sofort einen Ischias weg.«

Weiter hinten in der Halle, wo die NIXE liegt, hören sie Stimmengewirr. »Nanu«, wundert sich Elsbeths Freundin, »ist da eine Versammlung?«

Und dann stehen die beiden Frauen fassungslos im Halbdunkel der Boote. Vor ihnen sind Holzbohlen im Geviert auf Bierkisten gelegt. Auf den improvisierten Bänken über dem eiskalten Hallenboden drängen sich die »Winterarbeiter«. Elsbeth sieht Inge und Bernd von der NAUTILUS, die Marquards vom Motorsegler, den alten Peters mit seinem Kunstbein und mittendrin Wegerich. Lenchen von der CAPELLA teilt selbsteingelegte Rollmöpse aus. In der Mitte stehen Schnapsgläser, Flaschen, Kaffeetassen und Unterteller mit Inges selbstgebackenem Kuchen.

Die ganze Mannschaft ist in äußerst gehobener Stimmung, und der alte Peters erzählt gerade wieder einmal die Geschichte, die schon jeder kennt: Daß er nämlich früher ein richtiges Holzbein gehabt hatte, und wie er es geistesgegenwärtig dazwischen hielt, als dieser stieselige Däne ohne Fender längsseits gehen wollte.

Da entdeckt Wegerich die beiden Frauen und erblaßt augenblicklich. Die anderen folgen seinem Blick.

»Wir wollten dir nur Kaffee bringen«, sagt Elsbeth, »aber bei der Arbeit möchten wir natürlich nicht stören!«

Damit ergreift sie den Arm ihrer Freundin, dreht sich auf dem Absatz um und verschwindet mit ihr in Richtung Hallentor.

»Etwas Gutes«, sagt Elsbeth auf der Heimfahrt, »hat unsere Überrumpelung aber doch gehabt: Er tut mir jetzt nicht mehr leid!«

Mastsetzen

Für Wegerich Klampe gibt es nur zwei wirklich wichtige Tage im Jahr: die des Auf- und Abslippens der NIXE. Das Kranen des Bootes mag ja noch angehen, denn da kommt die routinierte Werftmannschaft zum Einsatz, und der Skipper darf allenfalls die Leinen halten, um das Boot in den Gurten am Schwoien zu hindern. Was Klampe aber schon die vorangehende Nacht nicht schlafen läßt und für ihn den totalen Streß bedeutet, ist das leidige Mastlegen oder Mastsetzen. Immer geht dabei etwas schief, so sorgfältig der Skipper auch alles vorbereitet.

Vor allem das Setzen des Mastes mit dem Mastkran im zeitigen Frühjahr ist ihm ein Greuel. Alle Wanten und Stagen müssen sorgfältig ausgelegt werden, damit sie nach dem Hochhieven des Mastes sofort an der richtigen Seite hängen und an den Püttingen mit den Spannern gesichert werden können. Doch so genau Klampe auch die Lage des Vor- und Achterstags sowie der Wanten kontrolliert, immer ist irgendein Draht vertörnt oder ein Fall hinter die Saling gerutscht. Dann muß entweder der Mast wieder runter oder

Klampe mit dem Bootsmannsstuhl hoch, was seit Jahren das übliche Manöver ist.

Klampe haßt dieses Hochziehen in den Mast, denn erstens ist er nicht schwindelfrei, und zweitens hat er Angst, daß Elsbeth das Großfall nicht sorgsam genug auf der Mastwinsch führt. Hilfsmann Martin hat Bärenkräfte und bedient die Winschkurbel immer recht ruckhaft. Was, wenn das Fall oder eine Pressung bricht, schießt es Klampe regelmäßig durch den Kopf, während er zwischen Himmel und Erde baumelt und schaudernd in die Tiefe blickt. Jedesmal leidet er Todesqualen und verflucht sich selbst, weil er es wieder nicht geschafft hat, alles laufende und stehende Gut ordentlich zu klarieren.

In diesem Frühjahr sollen gleich auf zwei Schiffen die Masten gesetzt werden, wobei sich die Mannschaften gegenseitig helfen wollen. Jochen und Inge von der SEESCHWALBE vertäuen die NIXE in der richtigen Position vor dem Kran, während Klampe an Bord alle Drähte durch die Hand laufen läßt und die Lage vom Masttopp bis zum Mastfuß verfolgt. Bestens, freut er sich, diesmal kann nichts schiefgehen, alles liegt richtig!

Elsbeth ist sich da nicht so sicher. »Ich kontrolliere lieber auch alles noch mal«, sagt sie beiläufig, während Klampe schon den Kranhaken an einer Leine am Mast befestigt. Dann beordert er Martin an die Kranwinsch, Jochen an das starre Vorstag der Rollfockanlage und sich selbst an den Mastfuß, den er in den Mastschuh an Deck dirigieren will.

»Hiev op«, ruft er Martin zu, worauf Elsbeth zu zetern anfängt: »Moment, stop, hier ist noch was unklar!«

Klampe guckt ungläubig nach achtern, wo die Bordfrau sich am Masttopp zu schaffen macht. »So, jetzt ist hier alles o.k.«, kommt die Entwarnung, worauf der Mast sich von seinen Böcken erhebt und langsam in die Höhe schwebt. Klampe umklammert den Mastfuß und drückt ihn immer weiter in Richtung des Kajütdachs, bis er senkrecht darüber steht.

»Weiter runter«, ruft er Martin zu, worauf der Mast mit einem deutlichen Klicken in die Führung des Mastschuhs einrastet. Geschafft! Oberwanten fest, Achterstag und Vorstag sichern – bestens!

Kein Want ist vertörnt.

»Das ging diesmal aber prima«, ruft Klampe erleichtert seiner Mannschaft zu und wischt sich den Schweiß von der Stirn.

»Wie willst du denn heute in den Mast – mit dem Bootsmannsstuhl oder freihändig?« fragt Jochen scheinheilig.

Klampe blickt ungläubig nach oben. Was ist das für ein dummer Draht, der sich da einmal um das Achterstag schlängelt und in luftiger Höhe hinter der zweiten Saling hängen geblieben ist?

»Die Dirk!« ruft Jochen schadenfroh.

»Die hab ich doch eben noch klariert«, windet sich Elsbeth, »sie lag auf der falschen Seite von der Saling!«

»Und ich verklariere dir jetzt mal, daß du künftig zu Hause bleibst, wenn wir den Mast setzen«, raunzt Klampe seine arme Bordfrau an, während die Crew der SEESCHWALBE feixt: »Fröhliche Himmelfahrt!«

Als Klampe langsam nach oben schwebt, steigt die Wut erst so richtig in ihm hoch. Warum muß immer bei ihm etwas passieren? Warum läuft bei der SEESCHWALBE stets alles so glatt? Und dann macht sich sein Freund auch noch über ihn lustig! Wenn die doch auch mal was falsch machen würden!

Aber der Mast der SEESCHWALBE wird bald darauf ohne die kleinste Komplikation vom Kran in die Höhe gezogen. Alle Wanten baumeln auf der richtigen Seite, Achter- und Vorstag sind klar.

Mißmutig hilft Klampe beim Festdrehen der Wantenspanner. Nach kurzer Zeit ist der Mast sicher verstagt, während Martin bereits dabei ist, unter Deck die vielen Kabel für Positionslampen, Antennen und Windanzeigegeräte anzuschließen. Ein wahrer Wald von elektronischem Gerät schmückt inzwischen den Masttopp der SEESCHWALBE, so daß Jochen die Dreifarben-Positionslampe auf einer Stange hoch darüber montieren mußte.

Zur Sicherheit überprüft der Skipper die Funktion aller Lampen und Geräte. Elsbeth wandert derweil auf dem Steg entlang, weil sie mit Klampe maulig ist. Plötzlich sieht sie auf dem Masttopp der SEESCHWALBE die Dreifarben-Positionslampe aufleuchten. Doch irgend etwas stimmt da nicht. Natürlich! Rot und Grün scheinen nach achtern, Weiß voraus. Der Skipper hat die Lampe falsch herum montiert.

Hastig läuft sie zum Schiff zurück, wobei sie kurzfristig vergißt, daß sie ja eigentlich sauer auf ihren Wegerich ist, und signalisiert ihm die Situation. Der blickt nach oben – und fängt teuflisch an zu grinsen. Na endlich!

»Wollt ihr in dieser Saison eigentlich nur über den Achtersteven segeln?« fragt Wegerich scheinheilig seinen Kumpel.

»Wieso, was meinst du damit?« entgegnet Jochen miß-trauisch.

»Na ja, weil bei euch der Bug achtern, Backbord rechts und Steuerbord links sind«, antwortet Klampe.

Jochen stutzt und überlegt einen Augenblick. Warum lacht Elsbeth, was meint Wegerich mit dem Vertauschen von Backbord und Steuerbord? Dann – als komme ihm ein alptraumhafter Gedanke – hebt er ganz langsam den Kopf und blickt nach oben. Da werden seine Knie weich, und ihm wird schlagartig bewußt, daß nun alle Kabel wieder abmon-tiert und der Mast erneut gelegt und gesetzt werden muß. Denn an die Dreifarbenlampe kommt er nicht heran, auch wenn der Bootsmannsstuhl ganz bis zum Masttopp vorge-heißt wird.

Seit diesem Vorfall geht Klampe wieder aufrechten Hauptes durch den Hafen, denn er weiß: Es gibt doch noch dümmere Skipper!

Morgenmuffel

Eigentlich ist Wegerich Klampe gar kein typischer Segler. Wenn nämlich frühmorgens die Motoren zum Auslaufen angelassen werden, liegt er noch friedlich mit Elsbeth in der Koje. Nichts haßt er mehr als Aufstehen vor dem Wecken, und das findet bei Wegerich zumindest im Urlaub nicht vor halb neun statt.

Dieses Laster wird Wegerich vor allem durch das leidige Päckchenliegen vergrault. Immer ist da jemand, der ganz früh weg will. Wen wundert's also, daß Klampe zunächst mißtrauisch die Crew der Yacht beäugt, an der er gerade im Brunsbütteler Schleusenhafen längsseits gehen will. Vier junge Leute sind da an Bord, zwei frischgebackene Pärchen, wie Elsbeth mit kundigem Blick feststellt. Prima, denkt sich Klampe, wer frisch verliebt ist, turtelt bis in die Nacht und pennt bis zum Mittag.

Die netten Macker von nebenan helfen beim Festmachen, fragen nach dem Woher und Wohin und stellen sich sogar artig vor: Bohrmann und Pein.

Was für ein schönes Schiff sie hätten, komplimentiert Klampe. Och, das wär' nur geliehen, der »Alte« hätte es für die bestandene Zahnarztprüfung rausgerückt.

In der Gewißheit, daß die beiden jungen Männer nach dem Streß des Studiums Erholung nötig haben, gehen Elsbeth und Wegerich beruhigt in die Koje. Doch zu später Stunde rumpelt es außenbords, weil eine Yacht an der Nixe festgemacht wird.

Und da hört Klampe die Schreckensnachricht an Bord des Zahnarzt-Schiffes:

»Gehen Sie lieber woanders längsseits, wir laufen um fünf Uhr früh aus, unseren Nachbarn müssen wir auch noch Bescheid sagen!«

Wegerich ist nicht nur stocksauer, er kann jetzt auch nicht mehr richtig schlafen. Alle halbe Stunde schreckt er hoch und sieht auf die Uhr, halb drei, vier, halb fünf. Dann quängelt der Wecker. Den Klampes bleibt nicht einmal Zeit für eine heiße Muck Kaffee, so eilig haben die Studierten das.

Wegerich und Elsbeth machen gar nicht erst wieder fest, sondern motoren auch los. Die Yacht der Zahnklempner läuft schnell voraus und entschwindet hinter der nächsten Kanalbiegung ihren Blicken.

So gegen neun Uhr sehen sie in einer Weiche eine weiße Yacht zwischen den Dalben liegen. »Du«, sagt Elsbeth, »das sind doch Bohrmann und Konsorten! Ob die vielleicht einen Motorschaden haben...?«

Wegerich manövriert dicht ran und legt vorsorglich eine Leine klar. Die Bräute liegen in den ersten wärmenden Sonnenstrahlen an Deck. Pein und Bohrmann sitzen gemütlich im Cockpit.

»Is' was?« erkundigt sich Klampe.

»Nö, wir machen nur erst mal in Ruhe Frühstück!« tönt es zurück.

Eine Aversion gegen Zahnärzte hatte Klampe ja schon immer, aber seit heute ist er richtig schlecht auf sie zu sprechen. Und Päckchen-Nachbarn, die mit einem Frühstart drohen, wird er künftig ignorieren.

Pfadfinder

Schuld hatte eigentlich Elsbeth. Ständig hatte sie Klampe in den Ohren gelegen: »Rügen soll ganz wunderschön sein, und erst Hiddensee! Die Marquards waren ganz begeistert. Laß' uns mal in diesem Sommer in die Bodden segeln.«

Und so haben sie die NIXE mit allen verfügbaren Revierführern und den neuesten Seekarten ausgerüstet. Schließlich wurde die Betonnung geändert, und außerhalb des Fahrwassers – hatte der dicke Marquard geunkt – soll man hin und wieder zu Fuß gehen können.

Darßer Ort liegt achteraus, steuerbord grüßt auf grünen Hügeln der Leuchtturm von Dornbusch. Gerade sind sie in das Fahrwasser zwischen Hiddensee und der Halbinsel Bug eingelaufen, als die Situation prekär wird. Voraus wimmelt es nur so von roten und grünen Baken und Tonnen. Klampe flitzt zwischen Kartentisch und Cockpit hin und her, Elsbeth steuert nach seinen Anweisungen. Irgendwo hinter der Landzunge an Backbord muß das Fahrwasser in den Wieker Bodden abzweigen.

»Ich find' die verdammte Tonne nicht«, brüllt Klampe, »da vorn liegen gleich sieben Stück auf einem Haufen!«

Elsbeth wird nervös: »Hast du schon mal Möwen übers Wasser gehen sehen?« fragt sie den Skipper. Dicht neben der NIXE stehen sie auf Grund und fischen im Trüben.

»Hier darfst du nicht einen Zentimeter aus dem Tonnenstrich raus«, beschwört Wegerich seine Steuerfreu.

Fast hätte ein Kümo sie von achtern übergemangelt. Klampe knallt bei dem infernalischen Geheul des Typhons mit dem Kopf unter das Niedergangsluk und ist dann mit einem Satz am Ruder.

»Geh' ganz nach Steuerbord«, ruft Elsbeth ängstlich, was Klampe angesichts der gründelnden Wasservögel nur widerwillig befolgt. Aber dann ist das Kümo vorbei, und Wegerich gibt Vollgas.

»Jetzt nichts wie hinterher, wo der Dicke fährt, können wir's allemal!«

Die NIXE setzt sich auf die Hecksee des Kümos und surft mit acht Knoten über das spiegelglatte Wasser. Tonnen kann Wegerich nicht mehr ausmachen, denn das hohe Heck des unbeladenen Frachters versperrt jede Sicht.

Plötzlich schießt die NIXE auf das Kümo zu, überholt es an Steuerbord und sitzt im nächsten Moment so hoch und trocken wie der Dicke nebenan.

»Verdammter Schiet«, brüllt Klampe, während die Schraube der NIXE hilflos rückwärts quirlt, »der hat sich verschippert!«

»Wieso der«, schreit Elsbeth zurück, du hast doch selbst keine Ahnung, wo wir sind!«

Nach einer halben Stunde nähert sich ein Schlepper.

»Siehst du, die holen uns hier runter«, beruhigt Klampe seine Frau, die mit ihrem Schicksal und dem Unvermögen ihres Skippers hadert.

Ohne sich um Wegerichs Winken mit dem Tampen zu kümmern, geht der Schlepper bei dem Kümo längsseits, nimmt die Trosse über und beginnt, den Dicken von der Sandbank zu ziehen. Nach einer weiteren halben Stunde schwimmt das Kümo wieder im freien Wasser, während die NIXE nach wie vor hoch und trocken auf dem Sand sitzt. Klampe fleht ins UKW-Telefon, doch nicht mal auf Kanal 16 antwortet der Schlepper-Kapitän.

Als Abendwolken über dem nördlichen Horizont aufziehen, dämmert es auch Elsbeth und Wegerich, daß dies eine lange, unangenehme Nacht werden kann. Doch dann erbarmt sich Fortuna glücklicherweise noch: Im letzten Büchsenlicht dreht der Skipper einer großen Motoryacht bei, nimmt die Leine an und zieht die NIXE mit einem Ruck vom Schiet.

Seitdem weiß Klampe, daß selbst Motorboote ihre guten Seiten haben, daß Berufsseeleute auch nur Menschen sind, und daß man Pfadfindern nicht bedenkenlos folgen darf.

Flaggenparade

Klampe hält sich für einen toleranten Menschen, doch es gibt gewisse Dinge, da läßt er nicht mit sich spaßen. Dazu gehört die allabendliche Flaggenparade, die an Bord der NIXE peinlich genau befolgt wird. Pünktlich zum Sonnenuntergang rollt er mit einer fast andächtigen Zeremonie die Nationale ein. Anschließend kommen die Gastlandflagge und der Clubstander dran, die beide unter der Saling wehen. Klampe kann mächtig in Rage kommen, wenn jemand diese nautische Tradition mißachtet. Dann wirft er dem Nachbarn einen drohenden Blick mit heruntergezogenen Augenbrauen zu und macht, indem er mit dem ausgestreckten Finger auf die Fahne zeigt, deutlich, daß die Flaggenparade längst überfällig ist, weil am Himmel auch das letzte Rot des Sonnenuntergangs verblaßt ist.

Manchmal fühlen sich allerdings solche Traditionsmuffel zu Unrecht von Klampe angemacht: »Woher wollen Sie denn wissen, daß schon Sonnenuntergang ist«, giftet ein Skipper, »ich sehe nur Wolken und überhaupt keine Sonne!«

So was zieht bei Klampe überhaupt nicht. Flugs verschwindet er in der Kajüte, holt den nautischen Almanach herauf, schlägt unter dem Datum nach und tippt triumphierend auf eine Zahl: »Hier steht's schwarz auf weiß, Sonnenuntergang ist heute um 22.15 Uhr!«

Eines schönen Sommerabends treffen die Klampes in Assens die ALBATROS mit ihren Freunden Fiene und Peter. Die mag Klampe besonders gern – nicht weil sie so nett sind, das sind andere auch –, sondern weil Peter schon mal einhand mit seiner Yacht die halbe Welt umsegelt hat. Vor derartigen Leistungen hat Klampe eine gewaltige Hochachtung, denn vor den wilden Gewässern, die hinter Helgoland liegen, packt ihn nach wie vor die Angst.

Mit Fiene und Peter also wollen sie in das neu eröffnete Grillrestaurant gehen, und weil es da am Sonnabend bekanntermaßen voll ist, treiben die beiden Frauen ihre Männer, die sich bei einigen Flaschen Bier im Cockpit festgeklönt haben, zur Eile an. Immer diese Hektik, denkt Klampe. Überhaupt, bei dem Wetter Essen gehen. Die Sonne scheint noch so schön ...

In dem Gasthaus ist die Luft so dünn wie das Steak, und laut ist es auch. Dazu rauchen die jungen Leute, als wären sie nicht in einem Eßrestaurant, sondern in einer Bahnhofswartehalle. Klampes gute Laune ist weg.

»Was ist mit dir«, stößt Peter ihn an, »trink' mal einen Jubi, dann siehst du den Sonnenuntergang wieder rosig!«

Bei dem Stichwort wird Wegerich plötzlich munter. Ein blutroter Himmel spiegelt sich in den speckigen Scheiben.

»Mein Gott, die Flaggen!« ruft er, springt auf und rennt hinaus, noch ehe die verdutzte Crew ein Wort erwidern kann.

Auf dem Steg, in Sichtweite seines Schiffes, bleibt er abrupt stehen. An seinem Mast weht nicht eine einzige Flagge. Auch der »Adenauer« ist weg. Wie kann das angehen?

Im Cockpit liegt ein Zettel: »Liebe Nixe! *Die Flaggenparade ist schon gemacht, der Skipper hat nicht dran gedacht. Wer von der Tradition nichts hält, muß zahlen, wenn auch nicht mit Geld. Die Flaggen bekommt zurück ihr vier gegen einen Kasten Tuborg-Bier!* Die Crew der Shanty.«

Klampe steht wie versteinert im Cockpit, den Zettel in der Hand. Ringsum, das fühlt er, sind viele Augenpaare auf ihn gerichtet. Sogar das Stimmengemurmel scheint abzubrechen. Irgendwo feixen sich die Leute von der SHANTY eins. Nur nicht aufsehen. Nur nicht umgucken. Einfach so tun, als ginge es einen nichts an.

Gelangweilt steckt Klampe den Zettel in die Jackentasche und verschwindet gemächlich unter Deck. Unten hämmert er mit der Faust auf den Kajütstisch, immer wieder und so laut, daß es auch denen draußen nicht entgehen kann. Noch nie, nie, nie hat er die Flaggenparade vergessen, und jetzt, beim allerersten Mal, kriegt er gleich so einen Denkzettel. Peinlich ist das, und erniedrigend.

Es ist schon dunkel, als seine Crew in fröhlicher Stimmung an Bord kommt. Klampe sagt kein Wort, sondern reicht Elsbeth nur den Zettel. Doch statt ihren angeschlagenen Skipper zu trösten, fängt sie lauthals an zu lachen und zitiert: »Die Flaggenparade ist schon gemacht ...«

»Hihi, dat schod' die gunniks«, prustet nun auch Peter schadenfroh heraus, während Klampe ihn nur finster anblickt und sich fragt, ob so einer wirklich sein Freund ist.

»Tja, Wegerich«, sagt Elsbeth, nachdem sich alle beruhigt haben, »dann mußt du wohl morgen früh den Gang nach Kanossa antreten. Hast du denn noch Taschengeld für's Bier?«

Am nächsten Morgen ist Klampe ausnahmsweise schon aus der Koje, bevor die Sonne ihre ersten Strahlen über die Kimm schickt. Die SHANTY hat er gleich geortet, sie liegt zwei Plätze achteraus. Im Shop auf der Tankstelle, nicht weit vom Hafen, kann er schon zu so früher Stunde einen Kasten Bier kaufen. Den schleppt er eilig und so leise es eben geht über den Steg, um ihn behutsam an Deck der SHANTY abzustellen. Dann verschwindet er wieder in der Kajüte der NIXE.

Fein gemacht, reibt Wegerich sich die Hände, jetzt haben die alle nichts davon mitgekriegt, und außerdem muß der Skipper zu mir kommen, um die Flaggen abzugeben.

Während die Crew der NIXE beim Frühstück im Cockpit sitzt, nähert sich dem Boot ein Segler, der Klampe irgendwie bekannt vorkommt. »Moin, moin«, lacht er, »ich bringe unser Pfand zurück, und außerdem wollte ich fragen, ob ihr Lust habt, nachher noch auf eine Flasche Bier zu uns an Bord zu kommen!«

Klampe setzt ein gezwungenes Lachen auf und ringt sich ein frostiges »gern« ab. Nach einer kurzen, aber peinlichen Pause sagt der Skipper etwas lauter, so daß alle ringsum, die bereits neugierig die Hälse recken, es auch mitbekommen: »Ich hoffe, Sie sind nicht sauer, wir finden das mit der Flaggenparade eigentlich auch blöd. Aber letzte Woche in Korsør haben Sie mich so böse angefunkelt, als unsere Nationale nach Sonnenuntergang noch wehte, da konnte ich jetzt bei Ihnen einfach nicht widerstehen!«

Katzenjammer

Etwas Edles muß es schon sein, hatte Elsbeth gesagt, als sie Wegerich mit dem Wunsch, eine Katze anzuschaffen, beglückte. Seit einigen Wochen nun ist Kalinka, die »Russisch-Blaue«, kein Kätzchen mehr, sondern bereits eine stattliche Katze von Adel mit grünen Augen und silbrigen Pfoten. Und schon stellen sich Probleme ein, denn die Nixe soll zu einem schönen Törn auslaufen.

»Wir können sie am Wochenende nicht allein zu Hause lassen«, bemerkt Elsbeth beiläufig.

Klampe blickt sie entgeistert an: »Du glaubst doch nicht, daß sie mit an Bord kommt«, entgegnet er, »dann bringen wir sie eher ins Katzenhotel!«

Kalinka und Tierheim! Elsbeth bricht sofort in Tränen aus: »Dann mußt du auf mich auch verzichten!«

Am nächsten Wochenende schleppt Klampe Katzenstreu, ein zusammensetzbares Klo, Näpfchen und Schüsseln und jede Menge Dosen an Bord. Mißmutig baut er alles im Durchgang zum Vorschiff auf, während Elsbeth dem neuen Crewmitglied ein weiches Lager auf der Achterkoje baut.

Kaum hat die Nixe ihren Bug in die aufgewühlte Ostsee gesteckt, alarmiert ein klägliches Maunzen vom Niedergang her die Mannschaft. Mühsam zieht sich die Katzendame über den Rand der Treppe und steht dann, wie eine alte Fregatte im Sturm schwankend, an Deck. Ihr ehedem stolzer Blick ist einem total frustrierten Gesichtsausdruck gewichen, die weißen Barthaare hängen schlaff herab, und ihre Augen sind zu schmalen Schlitzen zusammengekniffen, aus denen sie die ungewohnte Situation argwöhnisch mustert.

»Ich muß mal nachsehen, was sie unten gemacht hat«, sagt Elsbeth. Gleich darauf ertönt aus der Kajüte ein Schrei: »Ihh! Sie hat hier alles vollgekotzt, und ich bin reingetreten!«

Zum Glück kriegt Elsbeth die Reaktion ihres Skippers nicht mit, sonst hätte sie ihn um Nachsicht angefleht. Der will sich nämlich gerade auf den Bordtiger stürzen und ihn in die Backskiste stopfen. Doch dann ändert Klampe seine Meinung und den Kurs. Der nächstgelegene dänische Hafen wird angepeilt.

Nach einer ruhigen Nacht gähnt auch das Katzenfräulein gewohnt gelangweilt, so daß Elsbeth sich genötigt fühlt, ihr eine Papier-Einkaufstüte zum Spielen zu geben. Indessen hat Klampe schon Kaffee und Eier gekocht und sich in der Vorfreude auf das bevorstehende Frühstück auf der Salonkoje niedergelassen. Plötzlich kommt mit lautem Geknatter die Papiertüte angesaust, erhebt sich wie von Geisterhand getragen in die Luft und landet auf der Back. Daß die Kaffeetassen kippen und der Käse vom Brötchen fällt, kann Klampe gerade noch registrieren, doch dann sieht er nichts mehr. Der Dotter vom Frühstücksei läuft über seine Brille.

Derweil ist die rasende Papiertüte im Vorschiff angelangt, wo Elsbeth sie zu fassen bekommt und Kalinkas Hinterläufe unter viel Gefauche der gefangenen Katze aus den Tütengriffen befreit.

Vorsichtshalber laufen die Klampes an diesem Tag nicht mehr aus. Vielmehr genießen sie die Umgebung auf einem ausgedehnten Spaziergang. Die Katze hütet derweil das Boot. Die eingesetzten Niedergangsschotten sollen sie am Ausbüchsen hindern. Mit Einbruch der Dämmerung, als Wegerich und Elsbeth Abendbrot essen, macht sie eine ungewohnte Ruhe stutzig.

»Hast du Kalinka gesehen?« fragt Elsbeth ihren Skipper.

»Wieso immer ich, es ist doch deine Katze«, kontert Klampe.

So machen sie sich denn gemeinsam auf die Suche, klappern jedes Boot, das am langen Steg liegt, ab und werden schließlich auf einem alten hölzernen Klinkerkutter fündig. Wohlig räkelt sich das Edelfräulein auf weichen Sofakissen, während sie der dänische Eigner hingebungsvoll mit Sardinen aus der Dose vollstopft.

»Weißt du«, sagt Elsbeth zu Klampe, »vielleicht sollten wir sie nächstes Wochenende doch zu den Marquards geben. Die laufen sowieso nie aus, und Hannelore hat doch Katzen so gern.«

Bordhygiene

Seitdem Wegerich Elsbeth mit auf die Bootsausstellung genommen hat, liegt sie ihm jeden Morgen an Bord der NIXE in den Ohren:

»Du hast doch selbst gesehen, daß die sogar in diese siebeneinhalb Meter lange Schuhschachtel eine Dusche eingebaut haben. Warum kann ich das auf unserem Zehn-Meter-Schiff nicht auch haben?«

Klampe hält eine Brause auf seinem Schiff für den überflüssigsten Luxus, den er sich vorstellen kann. Wozu gibt's jetzt überall in den Häfen neue Duschanlagen? Und überhaupt, was das kostet! Im Stillen hat er schon gerechnet: Zweikreiskühlung für den Motor, Warmwasserboiler, elektrische Bilgenpumpe – mindestens das Weihnachtsgeld würde dabei draufgehen.

So ist es bis zum Urlaub bei dem Disput geblieben. Einige Tage hat sich Elsbeth bereits mit Waschlappen und Handbecken begnügen müssen. Nun wird es Zeit für eine Grundreinigung. Im nächsten Hafen gibt es für zehn Mark Pfand Schlüssel für das neue Toilettenhaus. Klampe und

Elsbeth marschieren sehr früh am Morgen – weil's da noch leer ist – mit den Kulturtaschen und Badetüchern unterm Arm los. Wenn es nur nicht so regnen würde!

Als Klampe die Tür zu den Sanitärräumen aufschließt, sieht er im nebligen Wasserdunst ein gutes Dutzend Segelkameraden, die geduldig vor geschlossenen Kabinentüren anstehen. Bis auf die Unterhose entkleidet, reiht er sich unter die Wartenden und erwischt nach gut zehn Minuten eine freie Zelle.

Drinnen hängt ein Kasten mit einem Schlitz, den merkwürdige Zacken verstopfen. Zwei Mark passen nicht rein, eine Mark auch nicht.

Klampe saust splitternackt nach draußen: »Was muß man da reinstecken?« fragt er in die Runde. Der am nächsten Stehende antwortet mit schadenfrohem Grinsen: »Duschmarken, und die gibt's beim Hafenmeister!«

Wegerich zieht Hemd und Hose an, schlüpft in die Badelatschen, achtet nicht auf den nun dichter fallenden Regen und läuft zum Hafenmeisterbüro. Dort trifft er Elsbeth mit schaumbedeckten, klatschnassen Haaren, nur in der Öljacke und, wie es scheint, mit nichts darunter.

»Du brauchts es gar nicht erst zu versuchen, er macht erst um neun auf«, giftet sie, und ihr Blick schießt glühende Pfeile ab. »Ich hab' mir 'ne Duschmarke leihen können, aber als ich mir gerade die Haare schamponieren wollte, war das warme Wasser schon wieder weg!«

... Übrigens sind die Pläne für den Umbau des WCs zum Hygieneraum auf der NIXE inzwischen fix und fertig, nur den Schmutzwassertank kann Klampe noch nicht so recht unterbringen. Doch im nächsten Jahr – das hat er Elsbeth hoch und heilig versprochen – wird an Bord geduscht!

Hafenterror

Wenn Wegerich und Elsbeth mit der NIXE einen Hafen anlaufen, wollen sie ihre Ruhe haben. Die Segelei, findet der Skipper, ist anstrengend genug, da muß man nachmittags ein Nickerchen machen und anschließend eine gute Tasse Kaffee trinken. Doch häufig wird es nichts mit der Siesta. Schuld sind die »häßlichen halslosen Ungeheuer«, wie Klampe respektlos die Youngsters von den Nachbarschiffen tituliert, wenn sie mit Schlauchboot und Außenborder nur so zum Vergnügen durchs Hafenbecken knattern.

»In unserer Clubzeitung stand schon, daß man das den Kindern nicht erlauben soll, und die Hafenordnung verbietet's auch, aber die machen's trotzdem«, wettert er.

Wenn gleich mehrere von den Gummiflitzern in Aktion sind und die Kids Rammings wie im Autoscooter auf dem Jahrmarkt fahren, rastet Klampe aus:

»Lernt gefälligst rudern, damit ihr Schwächlinge Muckis kriegt, statt hier die Luft zu verpesten!« brüllt er so laut übers Wasser, daß alle Eltern es mitkriegen.

Doch da erntet er nur Hohngelächter, besonders von dem dicken Marquard aus dem Club, der seinen Motorsegler ein paar Boxen weiter festgemacht hat. Sein sommersprossiger Filius kurvt nun erst recht hinter dem Heck der NIXE herum. Außerdem ärgert er die Mädchen, die ihr Badeschlauchboot rudernd fortbewegen. Immer wieder knufft er mit voller Fahrt den Bug seines Bootes dem kleinen Gefährt in die Gummirippen, so daß die Teenies laut kreischen.

Plötzlich heult der Außenborder auf. Klampe sieht gerade noch, wie der Motor, einem Tümmler gleich, aus dem Wasser springt, eine Pirouette dreht und im Hafenwasser verschwindet. Das Geknuffe ist der Traverse offenbar nicht bekommen, sie ist schlicht abgerissen.

»Verdammter Mist«, brüllt Marquard zu seinem Sohn hinüber, als er die Situation mitgekriegt hat, »komm sofort her!«

Doch das ist leichter gesagt als getan, denn der Wind erfaßt nun das manövrierunfähige Schlauchboot und drückt es auf die Legerwallseite des flachen Hafenbeckens, die bereits freigeebbt ist. Im zähen schwarzen Schlick läuft der Gummitender auf und sitzt nach ein paar Minuten hoch und trocken.

»Steig aus«, kommandiert Marquard auf der anderen Hafenseite, und Klampe ahnt bereits, daß die Schadenfreude jetzt auf seiner Seite ist. Der Knabe jumpt über Bord und verschwindet prompt bis zum Bauchnabel im Schlick. Ein Segler wirft ihm vom Land her eine Leine zu, an der er sich krampfhaft festhält. Wie ein gestrandeter Wal wird Marquard Junior, auf dem Bauch liegend, durch den schwarzen Modder gezogen.

»Igitt, wie der stinkt«, kichern die Mädchen, die sich das unrühmliche Ende ihres Peinigers natürlich nicht entgehen lassen, und eine lästert: »Hätt'ste gerudert, würdest du jetzt nicht in der Scheiße stecken!«

Als die Klampes ein paar Tage später einen anderen Hafen anlaufen, kommt ihnen der sommersprossige Filius wieder mit dem Schlauchboot entgegen – rudernd!

»Schade«, sagt Wegerich sinnierend zu Elsbeth, »daß nicht alle Außenborder so locker sitzen!«

Seekrank

Wenn die NIXE im Seegang kräftig rollt, wird Wegerich neuerdings ein wenig mulmig im Magen. Mit Seekrankheit hat das nichts zu tun, sagt Klampe, denn er ist noch nie seekrank geworden, und überhaupt, mit diesem Übel plagen sich nur Landratten herum.

Doch seitdem auch Elsbeth hin und wieder bei Schietwetter das große Gähnen kriegt, macht er sich so seine Gedanken: Ob das etwa an der Umwelt liegt, und ob man doch besser Pillen einnehmen oder dieses Pflaster hinters Ohr kleben sollte? Ach wat, Klampe und Pflaster, da pfeift er einen drauf.

Wie sein Freund Adi, der ganz aus Bayern angereist kommt, um ein verlängertes Wochenende auf der NIXE zu verleben. Adi liebt das Segeln, auch wenn ihm schon schlecht wird, wenn er nur Salzwasser riecht.

»Ich hab' gelesen, daß Musik, Pfeifen und Singen an Bord ein gutes psychologisches Mittel gegen das Schlechtwerden ist«, sagt Adi und schiebt eine mitgebrachte Kassette ins Bordradio. »Bei bayerischen Klängen denke ich halt an meine Berge, die schwanken nie!«

Am nächsten Morgen turnt die NIXE über kräftige Seen, die der Ostwind vor sich herschiebt. Aus der Kajüte dröhnt Oberammergauer Blasmusik, und Adi hebt zum Mitsingen an. Doch sein Jodler klingt mehr nach einem erstickten Röcheln.

»Schnell, die Pütz«, preit er Elsbeth an, die gerade noch verhindern kann, daß sich das Frühstück zum zweiten Mal in der Plicht ausbreitet.

»Du hättest man mein Akupressur-Band ausprobieren sollen«, sagt Elsbeth mitleidsvoll. Klampe macht große Augen. »Was erzählst du da?« fragt er mißtrauisch. Seit Elsbeth Yogastunden nimmt, geht sie ihm nämlich mit asiatischen Weisheiten auf den Wecker und steht morgens schon nach dem Aufstehen kopf.

»... Hier, der Knopf muß genau auf den Nei-Kuan-Punkt drücken!« Ehe Adi es sich versieht, hat er einen gestrickten Pulswärmer mit einem merkwürdigen weißen Knubbel darin am Handgelenk.

»Und du, mein lieber Wegerich, kriegst auch ein Band, denn du siehst ebenfalls schon weiß um die Nase aus!«

»Chinesische Ammenmärchen«, will Klampe gerade protestieren, doch da merkt er schon, daß es ihm bessergeht. Nach einer weiteren Seemeile sitzen die beiden Männer wieder recht munter im Cockpit.

»Sind doch Teufelskerle, diese Schlitzaugen«, räsoniert Klampe und betrachtet seinen Pulswärmer. »Von heute an, Elsbeth, nie mehr ohne – schon allein der schön warmen Handgelenke wegen!«

Emanzipation

Böse Zungen behaupten, daß Klampe unter dem Pantof-fel steht. Wie diese Meinung zustande gekommen ist, kann jeder leicht nachvollziehen, der die NIXE gelegentlich beim An- oder Ablegen beobachtet hat. Bei diesen schwie-rigsten aller seemännischen Manöver steht nicht etwa Wegerich am Ruder, sondern Elsbeth, und selbst die berühm-ten »besseren« Segler, welche ihre Kommentare stets an Land abzugeben pflegen, müssen zugeben, daß sie mit dem Boot vortrefflich umgehen kann.

Auch Wegerich ist dieses Können seiner Bordfrau nicht unangenehm, bringt es ihm doch die Bewunde-rung der Clubkameraden ob seiner Toleranz ein. Elsbeth sieht den Rollentausch allerdings mehr von der praktischen Seite, denn erstens kann Wegerich viel besser an Land jumpen, um die Tampen festzumachen beziehungsweise das schwere Schiff abzuhalten, und zweitens ist ihr die Kurbelei beim Setzen des Großsegels oder der Kraftakt beim Bergen und Auftuchen desselben viel zu anstren-gend.

Von der gepriesenen Toleranz ihres Skippers ist sie indessen nicht aufrichtig überzeugt, denn immer, wenn's brenzlig wird, pflegt Klampe ihr mit den Worten: »Nun laß' mich mal!« in die Speichen des Ruderrades zu greifen.

Ihr Verdacht wird zur Gewißheit, als sie an einem stürmischen Frühlingstag die NIXE mit gewohnter Routine in einen kleinen dänischen Hafen steuert. Viele Clubkameraden sind bereits mit ihren Schiffen eingelaufen, da abends das gemeinsame Ansegeln gefeiert werden soll. Alle beobachten gespannt, was nun passiert. Das Anlegemanöver gestaltet sich nämlich aufgrund des starken seitlichen Windes äußerst schwierig.

Elsbeth erspäht ganz am leewärtigen Ende des Steges einen freien Pfahl. Wenn Wegerich es schafft, den achteren Festmacher drüberzuhängen, überlegt sie blitzschnell, sollte es wohl gelingen, mit genügend Fahrt den Bug an den Stegkopf zu dirigieren. Aber auch das Risiko wird ihr sofort klar. Kann die Vorleine nicht ausgebracht und festgemacht werden, treibt die NIXE wie eine Fahne im Wind gegen die Fischkutter an der gegenüberliegenden Kaimauer.

Klampe kriegt das Festmacher-Auge richtig über den Pfahl und saust nach vorn, um die Vorleine überzugeben. Doch was ist das? Auf halber Strecke bleibt die NIXE stecken. Der achtere Festmacher hat sich hinter der Rettungsinsel am Heckkorb verhakt. Klampe rennt wieder nach achtern, klariert mit wenigen Griffen die Wuling, springt ins Cockpit und entthront die aufgeregt am Rad kurbelnde Elsbeth mit den bekannten Worten: »Nun laß' mich mal.«

Elsbeth flitzt nach vorn und schafft es, die Vorleine den zu Hilfe geeilten Clubleuten zuzuwerfen. Doch leider hält sie den Tampen nur in der Hand – Klampe hat vergessen, die Leine zu belegen.

»Verdammter Mist«, kräht Elsbeth nach achtern, »was machst du für einen Blödsinn? Gib' Gas, ich kann den Kahn nicht halten!«

Und da fällt der folgenschwere Satz, der später in die Clubannalen eingehen soll und allen Kameraden sowie der Bordfrau mit einem Schlage deutlich macht, wie wenig ernst es Klampe wirklich mit der Emanzipation ist. Laut brüllt er gegen den Wind: »Hol' din Mul un treck!«

Pflichtgefühl

Wenn andere Wassersportler in Gefahr sind, ist Helfen selbstverständlich, findet Klampe. Wo immer jemand mit dem Tampen winkt, weil er mal wieder ein Seegrundstück kaufen wollte und sein Boot auf der flachsten Stelle geparkt hat, schert Klampe aus dem Fahrwasser und manövriert die Nixe, so dicht es eben geht, an den Havaristen heran, um die Schleppleine überzugeben. Auf See entgeht ihm kein killendes Segel, keine hilfesuchend geschwenkten Arme, kein Notsignal.

»Da müssen wir hin«, pflegt er in einer solchen Situation Elsbeth zu instruieren, »wer weiß, was da los ist!«

Nun sind sie auf dem Weg von Kiel nach Sønderburg, immer schön an der Kante des Schwansener Ufers entlang, weil es ganz anständig weht und es da bei dem stürmischen ablandigen Wind ruhiger ist. Der freilich hält die Surfer nicht davon ab, mit ihren Brettchen und den knallbunten Segeln auf See herumzukajohlen. Ja, Klampe hat den Eindruck, als fange für die der Spaß bei 6 bis 7 Windstärken überhaupt erst an.

»Nun sieh' dir das an«, sagt er grantig zu Elsbeth, »wenn die bei dem Speed aufs Wasser knallen, bleibt doch kein Auge trocken!«

Besonders ein vorwitzig über die Wellen hüpfendes, karminrotes Segel hat es ihm angetan, das teilweise von der Dünung fast verschluckt wird. Plötzlich ist es weg. Klampe guckt unverwandt auf die Stelle, wo er es eben noch gesehen hat. Dennoch denkt er sich seinen Teil und hält Kurs. Nach fünf Minuten ist der rote Fetzen immer noch nicht wieder aufgetaucht, nach zehn Minuten auch nicht.

»Wir müssen helfen«, entscheidet er schließlich kategorisch, ohne auf Elsbeths Protest zu achten. »Wer weiß, vielleicht ist das ein Anfänger, und er treibt ab!«

Nach einer guten Meile sichten sie einen roten Fleck im Wasser und den Surfer, der wie ein gestrandeter Seehund bäuchlings auf dem Brett liegt und alle Viere hängen läßt. Wegerich geht näher ran und äugt neugierig hinüber.

»Wir geben ihm Windschutz«, sagt Wegerich zu Elsbeth, »ich geh' in Luv ran!«

Der Surfer hebt verwundert den Kopf. Dann setzt er sich abrupt auf und fuchtelt mit den Armen: »He, Opa, hau ab mit deiner dicken Quatze, ich will einen Wasserstart machen!« Und um noch eins draufzugeben, schreit er zur NIXE hinüber: »Nicht mal ausruhen kann man hier, ohne belästigt zu werden!« Dann steht er auf, zieht das Segel gekonnt aus dem Wasser und flitzt davon.

Klampe schmeißt das Ruder herum, daß es nur so kracht, und holt die Schoten dicht. Bis die Insel Als in Sicht kommt, redet er kein Wort. Plötzlich sagt Elsbeth: »Du, Wegerich, da in Lee winkt einer!«

Klampe will nicht hinsehen. Aber dann siegt sein Pflichtgefühl. Tatsächlich, weit querab scheint jemand die Arme zu schwenken. Wegerich holt den Kieker: »Das sind, glaube ich, zwei in einem winzigen Boot. Der Seegang ist zu hoch, um es genau zu erkennen. Aber beide winken!«

»Da müssen wir hin«, entscheidet jetzt Elsbeth, und Klampe ist schon abgefallen. Mindestens zwei sauer erkämpfte Seemeilen zurück! Schnell nähert sich die NIXE mit achterlichem Wind den Schiffbrüchigen. Die winken unentwegt. Jetzt kann Klampe die beiden Männer und das kleine Boot deutlich mit dem Glas erkennen.

Dann setzt er den Kieker wie in Trance ab, dreht sich mit versteinerter Miene zu Elsbeth um und sagt: »Weißt du, was deine Winkheinis machen? Sie pilken!«

»Sie machen was?« fragt Elsbeth.

»Sie angeln Dorsch und schwenken dabei ihre Ruten auf und ab, und das nennt man pilken«, faucht Klampe.

Seitdem teilt Wegerich Hilfsbedürftige auf See in drei Klassen ein: Surfer, Angler und den Rest der Welt. Und nur um den kümmert er sich noch, wenn es heißt: »Schiff in Not«.

Bordelektronik

Klampe gehört zu jenen Menschen, die eine natürliche Aversion gegen Computer aller Art haben. Begriffe wie »Maus« oder ›Trackball‹ ordnet er allenfalls dem Tierreich oder einer Sportart zu, und seine Post erledigt er seit Jahr und Tag auf einer musealen, klapprigen Schreibmaschine. Kein Wunder, daß auch auf der NIXE das Elektronik-Zeitalter erst vor kurzem Einzug gehalten hat, und dies auch mehr gezwungenermaßen.

Klampe kommt nämlich im Prinzip mit seiner Daumen-Navigation prima klar, doch die Hörigkeit der anderen Eigner im Club bezüglich ihrer modernen Navigationscomputer hat ihn so verunsichert, daß er nun auch Besitzer eines solchen Zauberkastens geworden ist. Da ist der Schritt zu einer weiteren »Vereinfachung« nicht mehr weit.

»Warum steuern wir eigentlich immer noch mit der Hand«, mault Elsbeth eines Tages, »alle haben schon eine Selbststeueranlage, nur wir nicht!«

Klampe brummelt daraufhin etwas von »noch mehr Technik« und »Arm zu kurz« in den Bart, ruft dann aber doch

seinen Schiffselektriker an und beauftragt ihn mit dem Einbau eines eisernen Steuermanns.

Nach kurzer Zeit der Eingewöhnung ist er an Bord bereits ein geschätztes, nicht mehr wegzudenkendes Crewmitglied geworden. Bei jeder nur möglichen Gelegenheit drückt Klampe, der Computer so haßt, auf die Knöpfchen, welche Johann (so haben sie ihr neues Crewmitglied getauft) mit Leben erfüllen, lehnt sich befriedigt, die Hände über dem Bauch zusammengelegt, im Cockpit zurück und döst vor sich hin.

Bei so einer Gelegenheit – die NIXE segelt raumschots unter Vollzeug durch den Kleinen Belt – wird Wegerich richtig müde. »Übernimm du mal die Wache«, sagt er zu Elsbeth, »ich hau' mich für 'ne halbe Stunde aufs Ohr. Wenn du jemandem ausweichen mußt, drückst du diesen Knopf, dann drehen wir nach Backbord ab, oder diesen, dann geht's nach Steuerbord.«

Gerade zeigen gleichmäßige Schnarchgeräusche an, daß Klampe selig eingeschlummert ist, da kommt ein Kümo mit hoher Fahrt von achtern auf. Elsbeth wird nervös. Wo will der hin? Die Peilung steht. Der Pott kommt immer näher. Als Überholer muß er ausweichen, beruhigt sich die Bordfrau. Doch dann ist der scharfe und nun bedrohlich hohe Steven nur noch ein paar Schiffslängen achteraus. Gerade beginnt der Koloß mit einem Schwenk nach Backbord, als Elsbeth von Panik erfaßt wird. Den Knopf drücken! Welcher war es nur gleich? Sie fingert drauflos, worauf die NIXE einen Haken wie ein Hase schlägt, der von einem Fuchs gejagt wird. Schnurstracks läuft das Boot im rechten Winkel nach Backbord ab, dem Kümo direkt vor den Bug.

Von dem durchdringenden Baß des Typhons aufgeschreckt, stürzt Klampe aus der Kajüte und registriert drei Dinge gleichzeitig: seine mit schreckensweit aufgerissenen Augen und sprachlosem Mund dasitzende Bordfrau, den auf sie zurasenden Bug des Frachters und ihren eigenen Kurs, der sie direkt ins Verderben führt.

Mit einem riesigen Satz ist Klampe achtern im Cockpit, haut den Entriegelungshebel der Selbststeueranlage nach unten und stemmt sich gegen die Speichen des Ruderrades.

Langsam, viel zu langsam, dreht die NIXE nach Steuerbord. Nur wenige Meter entfernt schrammt das Kümo vorbei. Die Worte, die ihm der Kapitän von der Brücke zuruft, wird Klampe sein Leben lang nicht vergessen.

Elsbeth zittert immer noch wie Espenlaub, als Klampe sie, selber noch mit weichen Knien, behutsam in die Arme nimmt. »Weißt du«, tröstet er sie, »eigentlich brauchen wir diesen ganzen Elektronik-Quatsch doch gar nicht. Von jetzt an steuern wir wieder mit der Hand!«

Jugenderinnerungen

Wer so viele Jahre gesegelt ist wie Elsbeth und Wegerich, der kann auf reichhaltige Erlebnisse zurückblikken. Und so liebt Klampe besonders die gemütliche Runde mit Segelfreunden in der Kajüte der Nixe, wo er nach einigen Glas Rumgrog gesprächig wird und Jugenderinnerungen hervorkramt. Wie sie im Piraten die Elbe unsicher machten und in Glückstadt die Heringsfässer in den Hafen warfen. Seine Geschichten beginnen dann stets mit dem Satz: »Wißt ihr noch ...«

Wieder einmal liegt die Nixe bei Starkwind im sicheren Hafen fest, und Wegerich lädt die Crew des Nachbarbootes zum abendlichen Klönschnack ein. Der Skipper macht einen netten Eindruck, und auch Elsbeth hat von Bord zu Bord bereits Kontakt mit seiner Frau geschlossen. Nach einem Glas sehr nördlichen Rumgrogs, den Klampe stets nach dem Motto »Wasser kann, Zucker soll, Rum muß« mixt, klappt die Verständigung ausgezeichnet. Wie sich herausstellt, haben die beiden ihr Boot in Glückstadt liegen, und bei dem Stichwort wird Klampe redselig:

»Wißt ihr noch, wie damals die Kuttercrews immer am Wochenende nach Glückstadt gesegelt sind, um da Rabbatz zu machen? Mann, mir taten die Polizisten leid, weil die am Sonnabend Überstunden schieben mußten, um uns in Schach zu halten. Aber wir alle, Jungs und Deerns, haben uns bei den Händen gefaßt und um die Udel Ringelreihen getanzt. Dabei haben wir gesungen: Ein Schutzmann, er ärgert sich, ein Schutzmann, er ärgert sich ...

Tja, damals gingen die ja auch noch nicht mit Nahkampf-helmen, Schutzschildern und Schlagstöcken auf uns los, wie heute bei den Demos ...«

Klampe läßt die bedeutungsvollen Worte noch etwas nachklingen, bevor er die nächste Runde Grog mixt und den Faden wieder aufnimmt: »Ich segelte damals einen alten Holzpiraten, den ich mir von meinem Lehrlingslohn abge-spart hatte. 650 Mark mußte ich dafür berappen, und dabei verdiente ich doch nur 65 Mark im Monat. Wir sind jedes Wochenende losgesegelt, egal, wie das Wetter war. Die Per-senning hatte Löcher, bei Regen wurde es immer höllisch naß auf der Luftmatratze. Zum Essen nahmen wir nie was mit, meistens kriegten wir irgendwo auf einem Dickschiff aus dem Club was zum Frühstücken. Ihr könnt Euch vor-stellen, wie hungrig wir waren.

An einem Samstag war wieder mal Schwof in der Tenne in Glückstadt angesagt. Uns fehlte das Geld für den Eintritt, und wir sind immer um das Lokal 'rumgeschlichen.«

Bei diesen Worten werden Klampes Gäste plötzlich hellhörig. Sie werfen sich einen vielsagenden Blick zu. Elsbeth tritt ihren Skipper unter dem Tisch auf den Fuß, weil ihr die Geschichte, die jetzt kommt, peinlich ist. Doch

Wegerich ignoriert die deutliche Mahnung. Er ist schon in voller Fahrt:

»Also, ich muß vorwegschicken, daß ich wirklich ein ehrlicher Mensch bin. Aber Ihr müßt Euch vorstellen, wie uns das Wasser im Munde zusammenlief. Da sehen wir Jungs doch plötzlich, daß das Licht hinter einem Souterrainfenster angeht und jemand eine ganze Waschwanne voller Würstchen und zwei Eimer Kartoffelsalat in den Keller stellt. Und das Fenster steht einen Spalt offen. Aber es ist vergittert. ›Mann, sag' ich zu meinem Vorschoter Harry, wie kommen wir an die Würste ran?‹

Harry ist lang und versucht es mal mit den Armen, nachdem das Licht im Keller wieder aus ist. Aber die Wanne steht zu tief. ›Schnell‹, sag' ich, ›hol' den Peeker von Bord, damit angeln wir uns die Würste hoch!‹

Nach zehn Minuten kommt Harry völlig außer Atem mit dem Bootshaken angesaust, und ich steche ihn durch die Gitterstäbe mitten in die Würstchen rein. Zum Glück hängen sie alle aneinander. Na, wir kriegen einen Strang zu fassen, einer hält seine Jacke auf, und ich zerre den ganzen Segen durch das Fenster.

›Nun noch den Kartoffelsalat‹, sagt Harry, nimmt wieder den Peeker und angelt sich den Drahtgriff vom Eimer. Ob ihr's glaubt oder nicht: Er kriegt das Ding hoch bis unter den Fenstersims. Aber weiter geht es ja nicht.

›Nimm deine Öljacke‹, sagt Harry zu mir, ›da schaufeln wir den Salat rein!‹

Ich guck' erst mal dumm wie ein Ochse, aber dann hab' ich begriffen. Mit den Händen haben die den Salat aus dem Eimer geklaubt und mir in die aufgehaltene Jacke gematscht.

Dabei haben wir gebrüllt vor Lachen, und der Eimer ist plötzlich mit lautem Krach runtergefallen, und da ist wieder das Licht angegangen.

So'n kleiner Fiffi stand in der Tür und hat wie am Spieß nach seinen Eltern geschrien, aber wir waren längst über alle Berge, als die gemerkt hatten, was los war. Und dann haben wir uns einen Kocher und 'nen Topf geliehen und haben auf dem Steg das große Fressen veranstaltet. Jeder kriegte Würstchen satt und konnte Salat aus der Öljacke löffeln. Hahahaha!«

Klampe schlägt mit beiden Händen flach auf den Tisch, daß die Groggläser tanzen, und lacht, bis ihm die Tränen über die Backen laufen.

Dann kriegt er plötzlich erneut einen Tritt unterm Tisch, diesmal gegen das Schienbein. Elsbeth sieht ihn drohend an. Das Lachen bleibt ihm im Halse stecken, denn auch sein Gegenüber mustert ihn nun keinesfalls heiter, sondern mit versteinerter Miene.

»Das hätte ich mir nicht träumen lassen, daß ich Ihnen noch mal leibhaftig begegne«, sagt der Skipper, »denn der Fiffi, dem Sie damals so einen Schrecken eingejagt haben, der war ich. Mein Vater hat mich anschließend geohrfeigt, weil ich auf den Vorratskeller aufpassen sollte – wir kannten ja die Segler –, und dann bekam ich drei Monate lang kein Taschengeld. Damals habe ich geschworen, daß ich den Typen, der die Würstchen geklaut hatte, verdreschen würde, wenn ich mal herausbekommen sollte, wer's war. Nun ist es soweit!«

Klampe sackt plötzlich zu einem ganz kleinen Häufchen Elend zusammen. Mit Schrecken erkennt er, daß sein Gast sich erhebt und um den Kajüttisch herumkommt.

»Ich wollte doch nicht ... ich konnte doch nicht ahnen ...«, stammelt Wegerich. Doch der Skipper beugt sich unerbittlich zu ihm runter: »Es war ein aufschlußreicher Abend, Herr Klampe, doch Sie sollten sich merken: Man begegnet sich im Leben meistens zweimal!«

Dann verläßt er mit seiner Frau grußlos die Kajüte, während Klampe, den Schreck noch in den Gliedern, unfähig ist, auch nur ein Wort der Entschuldigung hinterherzurufen.

Seit jener Grogrunde erzählt Klampe seine Jugenderinnerungen nur noch vor Freunden, die damals schon dabei waren – sicher ist sicher!

Sabbelbrüder

Gepaßt hat Wegerich die Einladung sowieso nicht, schließlich will er wenigstens am Wochenende seine Ruhe haben. Aber irgendwie kam er an der Anspielung seines Geschäftspartners nicht vorbei: »Sie haben doch ein so schönes Schiff, Herr Klampe! Meine Frau sagt immer, wenn wir nicht golfen würden, hätten wir bestimmt auch ein Segelboot!«

So schippern sie also eines Tages bei schönstem Sonnenschein zu viert auf der NIXE. Mein Gott, denkt Klampe, was haben die Weiber sich alles zu erzählen! Als wenn das heute so wichtig wäre, wer wieder mit welcher Prinzessin gesehen wurde und wo als nächstes die Hochzeitsglocken läuten werden. Die können sich ja gar nicht über das schöne Wetter freuen!

Auch bei seinem Geschäftspartner steht die Ladeluke nicht still: »Und denken Sie bloß, was passiert wäre, wenn wir zwei Wochen früher geliefert hätten. Daß die pleite machen würden, konnten wir nicht ahnen, auch wenn der Brinkmann von der Bank schon gesagt hat ...«

»Sehen Sie mal, da drüben, Herr Dr. Ischepeter, das ist die GEFION unter Vollzeug, eine echte Ostsee-Galeas ...«, wagt Klampe den Redefluß zu unterbrechen.

»Ja, schön, aber der Brinkmann, der wußte doch schon was!«

Nach diesem Wochenende muß sich Wegerich im Büro erholen, und selbst Elsbeth wünscht sich einen ruhigen Urlaubstörn ohne nervende Landratten. Das ist für Klampe das Stichwort: Wo sind die Leute besonders mundfaul? In Mecklenburg! Also segeln sie wieder einmal gen Osten, und da es noch früh im Jahr ist, findet die NIXE in den meisten Häfen einen freien Liegeplatz. So auch in Warnemünde, wo sie neben einem rotgestrichenen Fischkutter festgemacht wird.

Merkwürdig, denkt Klampe, während er die aufliegende Kutterflotte betrachtet, was machen die bei schönstem Wetter im Hafen? Ob hier nicht mehr gefischt wird?

Die Neugier hat ihn gepackt, und da Elsbeth wieder einmal dringend ihre Haare waschen muß, schlendert Klampe allein den Alten Strom entlang, auf der Suche nach den Fischern, die doch irgendwo sein müssen. Draußen auf der Mole beim Einfahrtsfeuer sitzen drei Männer auf einer Bank, die Piep zwischen den Zähnen. Schirmmütze und Buscheruntje weisen sie eindeutig als Fischer aus.

Klampe sagt erst mal »Moin« und setzt sich dazu. Keine Antwort. »Moin, moin«, versucht er es erneut und fixiert von der Seite die drei kantigen Typen, die unverwandt mit zusammengekniffenen Augen aufs Meer blicken. Endlich kommt die Antwort: »Moin«.

Klampe rückt etwas näher und stiert ebenfalls auf die See. Nach geraumer Zeit wagt er zu fragen: »Sind Sie Fischer?«

Keine Antwort. Dann sagt einer »Jau«.

Wieder vergehen Minuten, bis Wegerich erneut anhebt: »Liegen Ihre Kutter auf?«

»Jau«, sagt derselbe Fischer, ohne den Blick vom Wasser zu lassen. Worauf Klampe sich mit einem lautstarken »Moin, moin« verabschiedet und vondannen schlendert. Diese Mecklenburger Fischköppe kannst du in der Pfeife rauchen, denkt er bei sich.

»Wir jau 'n ganz nett'n Kirl«, sagt der Fischer zu seinem Nachbarn.

»Jau«, antwortet der, »aber 'n beten sabbelig wir hei!«

Prämienhaie

Selbstverständlich hat Klampe für die Nixe eine Vollkaskoversicherung abgeschlossen – mit einer gewissen Selbstbeteiligung, versteht sich. Andernfalls wäre die ohnehin schon recht hohe Versicherungsprämie kaum noch zu bezahlen. Und darum ärgert sich Klampe gewaltig, wenn er in der »Yacht« liest, daß während der letzten Kieler Woche wieder sechs Regattayachten mit Mastbruch eingeschleppt werden mußten.

»Die versauen uns soliden Fahrtenseglern die Prämien«, ereifert er sich, »denen ist es doch piepegal, ob ihre dünnen Spaghettimasten brechen. Die Versicherung bezahlt's ja. Und am Ende müssen wir wieder für diese Artisten büßen!«

Auf Regattasegler ist Klampe ebenso schlecht zu sprechen wie auf Skipper, die die Versicherung behumpsen. Diese Sportsleute prahlen dann auch noch mit ihren Taten, wie der dicke Marquard, dem beim Törn am vergangenen Wochenende das Großsegel zerrissen war, als er es tatsächlich gewagt hatte, die Plünnen auf seiner Likörstube zu setzen.

»Denen hab' ich geschrieben, daß es bei Windstärke sieben durch die Abdeckung eines aufkommenden Frachters eine Patenthalse gegeben hat, bei der mein Großsegel arg in Mitleidenschaft gezogen wurde. Dabei war's doch nur rott – hahaha«, prahlt er auf dem Clubabend.

Klampe kann bei derartigen Versicherungsmogeleien fuchsteufelswild werden, weil er erstens ein wirklich sehr ehrlicher Mensch ist, und weil zweitens auch wegen solcher Leute wie Heiner Marquard die Versicherungsprämien angehoben werden. Nein, Klampe hält sich für einen durch und durch redlichen Menschen – bis zu jenem Wochenende, als die Nixe wieder einmal von der Ostsee durch den Kanal auf die Elbe überführt werden soll.

Es ist noch früh am Morgen, und sie haben gerade die Schleuse von Holtenau passiert. Elsbeth und Mitsegler Martin machen sich in der mollig warmen Kajüte zu schaffen und bereiten das Frühstück vor, während Klampe draußen im frischen Morgenwind dick eingemummelt am Ruder sitzt.

»Macht mir erst mal einen heißen Kaffee«, ruft er in die Kajüte hinunter, »und gegen ein Brötchen mit Schinken hätte ich auch nichts einzuwenden!«

Nach kurzer Zeit reicht Elsbeth die gewünschte Stärkung nach draußen. »Sei vorsichtig, die Mug ist heiß«, warnt sie ihren Skipper. Wegerich klemmt das Ruderrad mit beiden Knien fest, greift mit der einen Hand nach dem Brötchen und will sich mit der anderen die auf der Cockpitducht stehende Kaffeemug angeln, als diese urplötzlich nach vorn schießt und gegen das Kajütschott knallt. Klampe nimmt den gleichzeitigen dumpfen Aufprall unter seinen Füßen kaum wahr. Dafür dringt ein spitzer Schrei von Elsbeth und das Geschepper von zerspringendem Geschirr aus der Kajüte an sein Ohr, während das Boot einen Satz wie ein bockendes Pferd macht. Erst dann bemerkt er voller Entsetzen, daß sie nur noch einen knappen Meter Abstand zur Kanalböschung haben. Gleich darauf gibt es einen zweiten, noch härteren Stoß. Das Ruder wirbelt herum und knallt gegen den Anschlag. Klampe greift in die Speichen, dreht nach Backbord ab – und registriert erleichtert, daß das Boot wieder freikommt.

»Martin, peil mal die Bilge«, ruft er nach unten. Gleich darauf hört er die Hiobsbotschaft:

»Hier läuft überall Wasser!«

Einen Augenblick glaubt Wegerich, sein Herz würde stehenbleiben. Dann beordert er seinen Mitsegler ans Ruder, stolpert nach unten und reißt voller Hektik sämtliche Bodenbretter hoch. Ganz achtern, am Ruderlager, sprudelt das Wasser aus einem deutlich sichtbaren Riß im Kunststoffrumpf.

»Wir müssen pumpen, nix als pumpen«, schreit Wegerich und stürzt wieder nach draußen, »vielleicht halten wir den Kahn über Wasser!«

Dann schnappt er sich den Schwengel der Bilgenpumpe. Nach wenigen Hüben ist die Bilge wieder leer. »So schlimm ist's gar nicht«, kommt die Entwarnung von Elsbeth, »vielleicht schaffen wir es bis Rendsburg!«

Sie lösen sich alle Viertelstunde beim Pumpen ab. Friedlich brummt der Motor, als wäre nichts geschehen.

»Wir müssen das Boot gleich in den Kran nehmen«, überlegt Wegerich laut, »und der Versicherung eine telefonische Schadensmeldung machen!«

»Die kannst du dir sparen«, antwortet Elsbeth, »oder glaubst du vielleicht, daß sie dir deine Dusseligkeit auch noch honorieren? Schließlich hast du doch das Boot auf die Steine gesetzt – weil dir der Kaffee wichtiger als der Kurs war!«

Klampe will etwas erwidern, hält dann aber doch lieber die Klappe. Elsbeth hat recht! Er allein ist schuld. Warum ist er bloß so dicht unter Land gefahren?

Kilometer um Kilometer kommen sie voran, immer wieder pumpend und die Bilge peilend. Wegerich hat erneut das Ruder übernommen. Da kommt ein riesiger Frachter voraus in Sicht. Der Pott scheint den ganzen Kanal für sich in Anspruch zu nehmen. Als die NIXE ihn, neben der hoch aufragenden Bordwand klein wie ein Spielzeug, passiert, fährt sie in ein regelrechtes Wassertal hinein. Der Sog des Frachters zieht seitlich das Kanalwasser fast einen Meter tief ab.

»Jetzt hab' ich's!« schreit Klampe plötzlich und springt hinter dem Ruderrad auf. »Wir sind in einem solchen Wassertal auf die Steine gebrummt, das von den großen Pötten immer wieder verursacht wird, weil die viel zu schnell fahren. Das wird die Versicherung fressen!«

Elsbeth und Martin blicken ihren Skipper mit offenem Mund an. Der redliche Wegerich. Dieser ehrliche Mensch will der Versicherung ans Leder.

»Wir müssen uns nur einig sein und niemandem etwas anderes erzählen«, sinniert Klampe, »dann kann uns gar nichts passieren. Das wird nämlich eine teure Sache, vielleicht muß die ganze Ruderanlage raus!«

Sie schaffen es bis Rendsburg und lassen die NIXE noch am gleichen Tag auf Land setzen. Der Schaden ist schlimmer als erwartet, 6000 Mark prognostiziert der Sachverständige.

»Na, du alter Schwede, was hast du nun der Versicherung für Märchen aufgetischt?« frozzelt Heiner Marquard am nächsten Clubabend den etwas unsicher dreinblickenden Klampe.

»Die Wahrheit, nichts als die Wahrheit«, antwortet Wegerich mit dem Brustton der Überzeugung, wobei er durchaus kein schlechtes Gewissen hat. Schließlich hat er fünfundzwanzig Jahre lang – als ehrlicher Mensch – nie seine Versicherung in Anspruch genommen und ein Vermögen an Prämien gezahlt. Jetzt kann sie sich ruhig mal erkenntlich zeigen!

Nächstenliebe

Klampes Freund Ulf ist seit geraumer Zeit Junggeselle. Seitdem seine Freundin wegen »Disharmonie« ausgestiegen ist, segelt er meist allein, denn niemand mag sich mit dem alten Miesepeter auf Törn begeben. Jedermann im Club erinnert sich noch allzugut an den rüden Ton, der auf Ulfs Blechschute herrschte.

Eines Tages sehen Wegerich und Elsbeth ihren Freund Ulf mit einer blonden Dame mittleren Alters im Schlepptau an Bord klettern.

»Sieh mal an«, sagt Elsbeth, »hat der alte Gnadsbüdel doch wieder einen ahnungslosen Engel gefunden. Mal sehen, ob das nun gutgeht!«

Ulf grüßt verlegen und stellt seine Mannschaft vor: »Das ist Susanne«, sagt er, »und sie ist noch nie gesegelt, aber wir werden schon klarkommen.«

Susanne findet erst mal alles schrecklich verwirrend und hockt wie ein Häufchen Elend im Cockpit. »Möchtest du zur Begrüßung einen Sherry?« säuselt Ulf. »Du mußt dich erst mal eingewöhnen. Weißt du, wenn wir nachher auslau-

fen, dann machen wir ganz kleine Segel, damit das Boot nicht so schief liegt!«

Klampe verschlägt es die Sprache. »Nun hör' dir das an«, sagt er zu Elsbeth, »früher hat er erst gerefft, wenn sein Kahn am Absaufen war, und jetzt will er schon bei diesem Lüftchen die Plünnen wegnehmen!«

So segelt Ulf unter den ungläubigen Blicken der kaffeetrinkenden Liegeplatzpächter mit Sturmfock und mit einem Reff im Groß aus dem Hafen, um nach einer knappen halben Stunde mit Motorkraft zurückzukehren.

»Susanne ist ein bißchen übel geworden«, ruft er den Klampes zu, »wir werden uns mal die Beine vertreten, das wird ihr guttun!«

Nach kurzer Zeit wandern die beiden Hand in Hand den Uferweg entlang. »Wenn sie wenigstens kochen kann«, bemerkt Elsbeth, bevor sie unter Deck verschwindet, um das Abendbrot vorzubereiten, und fügt hinzu: »Übrigens könntest du mich ruhig auch mit etwas mehr Aufmerksamkeit behandeln und mal den Tisch decken und das Abendessen vorbereiten.« Klampe brummelt etwas von »verwöhnte Weiber« in seinen Bart, aber so leise, daß Elsbeth es nicht hören kann. Danach widmet er sich seiner Flasche Bier und genießt den Sonnenuntergang.

Plötzlich wird der rote Feuerball von grauen Schwaden vernebelt. Klampe schreckt hoch. Das ist doch Rauch! Tatsächlich, aus Ulfs Blechquatze quillt schwarzer Qualm. »Mein Gott«, ruft er zu Elsbeth in die Kajüte hinunter, »ich glaube, Ulfs Dampfer brennt, ich saus' mal rüber!«

Noch ehe er die Nachbaryacht erreicht hat, kommt ihm vom Ufer her mit wehenden Haaren eine völlig aufgelöste, zitternde und nach Luft japsende Susanne entgegengerannt.

»Schnell, Herr Klampe, ich hab' den Milchreis aufgesetzt und vergessen, den Kocher auszumachen. Bitte helfen Sie mir!«

Klampe stürzt den Niedergang hinunter, tappt durch den beißenden Qualm und reißt den Topf vom Herd. Zum Glück ist nur der Reis verkohlt. »Kein Grund zur Panik«, ruft er der schluchzenden Susanne im Cockpit zu, »die Sache kriegen wir wieder in Ordnung!«

Als Klampe zum Luftschnappen nach draußen klettert, sieht er Ulf mit hochrotem Kopf den Steg entlangkeuchen. Hoffentlich kriegt er keinen Herzinfarkt, denkt er noch, doch dann schwant ihm Böses: Gleich wird es hier ein ganz dickes Donnerwetter geben.

Mit letzter Kraft erklimmt Ulf das Deck, stapft nach achtern und reißt die verdutzte Susanne in seine Arme. »Mein armer Schatz«, ruft er, »nun reg' dich nicht so auf! Das kann doch jedem mal passieren!«

Klampe klappt die Kinnlade runter. Ist der alte Gnadderbüdel denn völlig durchgedreht? Sonst kam doch immer zuerst sein Schiff und danach lange gar nichts!

Während Ulf Susannes Tränen trocknet, trollt sich Wegerich heimlich von dannen. »Weißt du«, sagt er zu Elsbeth, nachdem sie in trauter Zweisamkeit im Cockpit Abendbrot essen, »eigentlich glaube ich nicht an Wunder. Doch manchmal scheint man einfach nur etwas länger darauf warten zu müssen!«

Philosophie

Wenn die Segelsaison dem Ende zugeht, regt sich bei den Klampes das schlechte Gewissen. Das ganze Jahr über haben sie immer wieder einmal Bekannten und Freunden einen Segeltörn auf der NIXE in Aussicht gestellt – viel zu leichtfertig, wie Elsbeth meint. Denn nun werden die Wochenenden knapp, und die Versprechungen lassen sich kaum noch einlösen.

Bei Niels Breckwoldt können sie indessen nicht kneifen, denn der ist mit jugendlichem Schwung immer zur Stelle, wenn eine kräftige Hand an Bord gebraucht wird, sei es beim Mastlegen oder beim winterlichen Schleifen des Unterwasserschiffes. Niels wird also für das nächste Wochenende eingeladen. Doch so einfach, wie Wegerich und Elsbeth sich die Sache vorgestellt haben, ist sie nicht. Niels ist nämlich seit einigen Wochen kein Junggeselle mehr, sondern beweibt.

»Bettina würde gern mitsegeln«, verrät er den Klampes am Telefon und fügt fast entschuldigend hinzu: »Sie ist nicht nur hübsch, sondern auch intelligent, sie studiert nämlich Philosophie und Psychologie. Ihr werdet sie bestimmt mögen.«

Wegerich hat grundsätzlich was gegen »Püschologen«, wie er sie nennt, denn erstens benötigen seiner Meinung nach die meisten Mitglieder dieser Fakultät selbst am dringendsten einen Psychiater, zweitens erstellen sie unverzüglich auch für banalste Ereignisse tiefschürfende Analysen, die dann langatmig diskutiert werden, und drittens erinnert er sich nur mit Grauen an die nervenaufreibenden Diskussionen mit seinem Filius, als dieser aufgrund eines Wahlpflichtfaches meinte, Philosoph werden zu müssen und sämtliche angeblich weltbewegenden Thesen seinem Vater zu verklickern versuchte.

Entsprechend mißtrauisch mustert er Bettina, die am nächsten Sonnabend frisch und unkompliziert an Bord klettert. Elsbeth findet zwar ihre engen Radlerhosen als Segelgarderobe nicht ganz passend, aber Klampe sieht großzügig darüber hinweg. Er freut sich, daß Bettina artig im Cockpit sitzt und keine dummen Fragen stellt.

Das ändert sich allerdings nach einigen Gläschen Gammel Dansk-Kräuterschnaps, die Klampe zur besseren Verdauung des Abendessens ausgeschenkt hat. Unvermittelt fragt die Philosophiestudentin: »Herr Klampe, sind Sie eigentlich auch der Meinung, daß Schiffe eine Seele haben?«

Wegerich wittert sofort einen Angriff auf sein Unterbewußtsein.

»Wer hat Ihnen denn das geflüstert«, versucht er die Frage abzuwiegeln, »das gehört doch wohl in die Schublade mit dem Fliegenden Holländer und dem Klabautermann!«

»Aber Wegerich«, fährt Elsbeth ihm vor den Bug, »du hast doch unserem Schiff auch einen weiblichen Namen gegeben, weil du sagst, daß Schiffe weiblich seien, und daß man mit ihnen genauso zartfühlend umgehen muß wie mit einer Frau, sonst zahlen sie es einem eines Tages heim!«

»Da haben wir es«, greift Bettina sofort den Faden auf, »wenn Sie ihr Boot unterschwellig als weiblich einstufen, dann ist es kein Ding mehr, sondern ein Wesen, und nur Wesen können eine Seele haben!«

Klampe merkt, daß ihm der Pullover zu warm wird. Jetzt hat sie mich bei der Büx, denkt er.

»Nun ja«, räumt er ein, »wenn man an die alten Windjammergeschichten denkt und an die Matrosen, die all' ihre Liebe, aber auch ihren Haß auf das Schiff übertrugen, dann kann man sich schon vorstellen, daß ihm sowas wie eine Seele eingegeben wurde.«

Bettina setzt sich unvermittelt kerzengerade hin und starrt mit glühenden Augen auf Klampe: »Das ist ja hochinteressant! Sie sprechen da eine Reflexion des Unterbewußtseins an. Dennoch kann ich mir nicht vorstellen, daß einem ›Ding‹ wie einem Segelboot seelische Kräfte zugeschrieben werden können.«

»Doch, doch«, beharrt Klampe, »es ist alles eine Frage der Bedeutung, die ein ›Ding‹, wie Sie es nennen, für unser Leben hat. Denken Sie doch nur mal an ihre erste Puppe, die Sie als Kind bekamen. Sie hatten doch eine?«

Bettina guckt verdutzt: »Doch, ja, eine, die ich sehr lieb gehabt habe!«

»Sehen Sie«, triumphiert Klampe, dessen Augen nun seinerseits zu leuchten beginnen, »das ist es eben, was ich meine. Sie haben alle ihre Gefühle, ihre ganze Liebe und Fürsorge auf diese Puppe übertragen. Damit war sie für Sie kein Ding mehr, sondern ein Wesen, das Verständnis für ihre Sorgen hatte, dem sie alles erzählen konnten, das Sie andererseits aber auch erziehen mußten, damit es ihnen gehorchte. Unterschwellig haben Sie ihrer Puppe eine Seele verliehen. Ein Ding wandelt sich in dem Maße in unserer Vorstellungswelt zu einem Wesen, wie wir ihm unsere Gefühle entgegenbringen. Seelische Strömungen entstehen durch Emotionen, die von uns auf ein ›Ding‹ übertragen und von diesem reflektiert werden. Je tiefer diese Emotion und damit die Reflektionen sind, um so stärker ist die Wandlung zum Wesen und die Verkörperung der seelischen Komponente.«

Niels Breckwoldt hält sein Gammel Dansk-Glas immer noch eine Handbreit über der Tischkante. Elsbeth starrt Wegerich mit offenem Mund an. Nur Bettina hat den Finger an die Nasenspitze gelegt und denkt nach.

»Machen Sie es sich da nicht etwas zu einfach?« fragt sie nach einer kurzen Pause. »Das würde doch bedeuten, daß alle Dinge, mit denen wir uns befassen, eine Seele entwikkeln müßten. Zum Beispiel der Toaströster zu Hause oder ihre Schreibmaschine. Schon Aristoteles wies in seiner Naturphilosophie darauf hin, daß den ›seelenlosen‹ Dingen wie Steine, Wassertropfen oder Erdklumpen oder eben auch Schiffen keine Möglichkeit zur Veränderung innewohne. Sie können sich nur durch äußerliche Einwirkungen verändern. Nur lebenden Wesen wohne die Möglichkeit der Veränderung inne, wobei er Pflanzen als ›fast wie beseelt‹, im Verhältnis zu den Tieren aber ›fast wie unbeseelt‹ einstufte.«

»Aristoteles wurde durch die moderne Teilchen-Physik längst widerlegt«, kontert Klampe und ist mit einem Mal doch froh über die nächtlichen Diskussionen mit seinem

Sohn, »und man kann heute trefflich darüber philosophieren, inwieweit die elementare Ordnung im Aufbau der Materie als ›beseelt‹ anzusehen ist. Aber so weit will ich gar nicht gehen. Wir wissen doch noch nicht einmal, wie unsere eigene Seele beschaffen ist. Vielleicht kann man sie einfach als ›Bindung‹ definieren, die ›Verbindung‹ schafft mit unserer körperlichen Hülle oder eben auch mit äußerlichen Dingen, die uns lieb und teuer sind. Eine Verbindung kann aber nur zustande kommen, wenn auf der Gegenseite die Möglichkeit dazu vorhanden ist, und so stelle ich mir vor, daß soviel von meiner eigenen Seele auf mein Schiff übergeht, bis die Verbindung da ist.«

Elsbeth will etwas erwidern, aber sie findet nicht die richtigen Worte. So hat sie ihren Skipper ja noch nie reden hören. Dabei kann er doch sonst tiefschürfende Diskussionen überhaupt nicht ab!

»Mir ist euer Thema zu hoch«, sagt sie unvermittelt, »ich geh’ in die Koje!«

Niels gähnt demonstrativ und wirft seiner Braut bezeichnende Blicke zu. Doch die ist längst in Klampes Fahrwasser eingeschert und analysiert seine gerade geäußerten Vorstellungen.

Der Sonntag ist schön und warm, es wird eine herrliche Rücktour mit achterlichem Wind.

»Das war gestern ein anregender Abend«, sagt Wegerich zu Elsbeth, während Niels und Bettina sich auf dem Vorschiff sonnen. »Ich finde, wir sollten die beiden öfter mitnehmen. Mit Bettina kann man so gut über ernsthafte Sachen diskutieren.«

Messebummel

Auf der letzten Clubversammlung haben sich Elsbeth und Wegerich mächtig amüsiert. Hat doch die Olsch vom dicken Marquard zusammen mit ihrer Kränzchen-Clique eine Butterdampfer-Tour auf der Ostsee gemacht – aus Protest, weil ihr Skipper mal wieder allein auf Herrentour gefahren ist. Und wie das bei diesen Transit-Haien so üblich ist, gab es an Bord nicht nur Butter billig, sondern auch noch automatische Kochtöpfe und Rheumadecken zum Super-Sonderpreis. Da hat sich die Marquardsche dann eingedeckt, was ihr zu Hause gehörigen Ärger einbrachte.

»Schadet dem Geizhals gar nichts«, meint Wegerich zu Elsbeth, nachdem Marquard sich im Club schrecklich über die »unseriösen Rattenfängermethoden« aufgeregt hat. »Wer auf solche Verkaufs-Show hereinfällt, hat selbst Schuld. Mir könnten sie da nichts andrehen!«

Am nächsten Wochenende ist Bootsausstellung. Eigentlich will Klampe nicht hingehen, denn erstens wird der Eintritt immer teurer, und zweitens ist die NIXE bestens ausgerüstet. Und verkaufen will er sein Schiff noch lange nicht.

Doch dann schnackt ihn sein Freund Rainer mit, weil der Vorzugskarten ergattert hat.

Wie immer sind die Hallen am Eröffnungstag rappelvoll. Klampe zwängt sich mißmutig durch die Massen und fragt sich zum wiederholten Mal, was er hier eigentlich soll. Die in Reih' und Glied aufgebockten Schiffe werden sich immer ähnlicher. Alle sind weiß, haben den gleichen tiefen Kiel, das gleiche spittelige Ruder unter dem wie eine Sprungschanze nach achtern ausladenden Heck. Früher kannte er den Namen jeden Typs auswendig, heute kann er allenfalls noch eine Rassy von einer Najad unterscheiden, weil die eine einen blauen und die andere einen roten Strich um den Rumpf hat.

Dann bleibt sein Blick an einem Stapel Tauwerk hängen, auf dem ein Schild prangt: »Super-Sonderangebote«.

»Festmacher braucht man immer«, sagt Wegerich zu seinem Kumpel, »so billig krieg' ich die nie wieder!« Schon verschwinden vier Tampen in einer großen Plastiktüte.

»Sieh' mal hier, wie billig die Plattenanker sind – auch Sonderangebote«, lockt ihn sein Freund zum nächsten Stand. Eigentlich hat Wegerich was gegen Drittanker, aber von den Dingern kann man auch nicht genug haben – und wenn's nur einer fürs Beiboot ist. Bald schleppt Klampe nicht nur Tampen und Anker, sondern auch noch ein Ende Super-Sonderangebot-Ankerkette durch die Gänge.

Bis ihn Fiete Bruns, der Segelmacher, sichtet. »Kommt auf 'ne Tasse Kaffee rein, ihr könnt die Sachen hier deponieren«, lädt er die beiden Männer auf seinen Stand ein.

»Was ich noch sagen wollte, Wegerich, die Nixe braucht unbedingt ein neues Segelkleid, und deine Kuchenbude sieht auch aus wie ein abgetakeltes Zirkuszelt. Wenn du jetzt bestellst, kriegst du fünf Prozent Messerabatt und dazu noch fünf Prozent Winterbonus!« Wegerich bestellt.

»Weil du's bist, gebe ich dir noch einen Segeltuch-Zampel gratis mit«, sagt Fiete zum Abschied. Als Wegerich zu Hause eintrifft, glaubt Elsbeth, er hätte die NIXE im Winterlager komplett leergeräumt. Keuchend schleppt er mehrere schwere Plastiktüten, den Anker, zwei dicke Fender und den bis zum Rand gefüllten Zampel in die Wohnung.

»Alles superbillige Sonderangebote«, erklärt Klampe mit Unschuldsmiene, »da kann man einfach nicht vorbeigehen!«

Nachdem Elsbeth im Stillen ausgerechnet hat, in welcher Höhe die »Verkaufs-Show« das Haushaltsbudget belastet hat, wird sie stocksauer. »Du bist genauso trottelig wie Hannelore«, raunzt sie den verdutzten Wegerich an, »das nächste Mal solltest du lieber eine Butterdampfer-Tour machen, da gibt's wenigstens nur Kochtöpfe und Bettdecken!«

Frühlingsträume

Es ist sicher etwas Wahres dran, wenn Segler mit gewisser Selbstironie behaupten, Segeln sei »wie unter der Dusche stehen und Hundertmarkscheine zerreißen«. Wer die Wetterküche Norddeutschlands jemals auf einem Segelboot erduldet hat, wird die Richtigkeit dieses Satzes nur unterstreichen und sich wundern, warum dennoch so viele Enthusiasten für die knappen Urlaubs- und Freizeittage die ungünstigste aller Fortbewegungsarten bevorzugen. Zuweilen zeigt dieser Fanatismus absonderliche Auswüchse, wie beispielsweise im zeitigen Frühjahr, kaum daß die letzten Eisschollen geschmolzen sind.

Beim Slippen in den letzten Märzwochen stört es plötzlich die noch vor wenigen Tagen ewig über die Kälte schimpfenden Eigner überhaupt nicht, wenn ein steifer Nordwest den Hagel waagerecht über das Hafenvorfeld treibt. Hauptsache, das Boot kommt noch vor Ostern ins Wasser und man kann die Feiertage an Bord verbringen.

Denn nicht nur für Klampe, sondern auch für etliche Clubkameraden ist es Ehrensache und Tradition zugleich,

Ostern nach Helgoland zu segeln. Wegerich stört es folglich auch nicht, wenn mancher Hallennachbar sich mitleidig an den Elbsegler tippt und den armen Irren bedauert, der bei Nordwind und Temperaturen um den Gefrierpunkt den Mast setzt, während andere Eigner gerade erst mit den Frühjahrsarbeiten beginnen.

Elsbeth teilt indessen den Tatendrang ihres Skippers mit gemischten Gefühlen. Genauer gesagt: Sie macht gute Miene zum eiskalten Spiel, denn im Grunde würde sie die Feiertage viel lieber irgendwo dort verbringen, wo der Sommer schon Einzug gehalten hat. Heimlich träumt sie vom Frühling auf Madeira, weil da, wie sie gelesen hat, zu Ostern alle Blumen blühen.

In diesem Jahr beutelt ein besonders unangenehmer Nordwest die NIXE beim Aufriggen. Er frißt sich durch das Ölzeug und den dicken Faserpelz, während Elsbeth ihren Skipper, der im Bootsmannsstuhl am Großfall baumelt, mühsam mit der Fallwinsch in den Mast hievt. Unterhalb der Saling klammert sich Klampe mit steifen Fingern an den Wanten fest, um dem seitlich einfallenden Sturm Paroli zu bieten. Wieder einmal funktioniert das Dampferlicht nicht und muß repariert werden – eine Nachlässigkeit aus dem Winterlager, die Klampe nun mit einer Mastbesteigung bezahlen muß.

Als wenn er bei diesem Wetter nichts besseres zu tun hätte, kommt der dicke Marquard den Steg entlang geschlendert.

»Moin Elsbeth, moin Wegerich«, ruft er und stemmt sich gegen den Wind.

»Moin, moin, Heiner«, grüßt Elsbeth zurück, »wollt ihr Ostern auch auf die Insel?«

»Und ob«, entgegnet Marquard, »aber nicht auf eure. Wir fliegen nach Mallorca!«

Elsbeth wird ganz plötzlich stocksauer. Wenn schon dieser Motorsegler-Kapitän mit seiner beheizbaren Likörstube nicht nach Helgoland segelt, warum muß sie sich dann auf der ungeschützten NIXE den Hagel um die Ohren pfeifen lassen? Das, was der Marquard ihr hier so hämisch unterjubelt, kann sie sich noch lange leisten.

»Ich will Ostern nach Madeira«, schreit sie so laut in den Mast, daß Klampe vor Schreck die Wanten losläßt und im gleichen Moment, vom Sturm gepackt, wie ein Uhrpendel ausschwingt.

»Paß' lieber auf, daß du die Winschkurbel ordentlich festhältst«, brüllt Klampe zurück, »sonst kannst du mich Ostern im Krankenhaus besuchen!«

»Werd' ich nicht«, ruft Elsbeth zurück, »selbst wenn du mit Erfrierungen eingeliefert wirst. Ich laß' dich nicht eher wieder runter, bis du mir versprochen hast, daß wir nicht nach Helgoland segeln, sondern nach Madeira fliegen!«

Böse Zungen behaupteten später, Klampe habe daraufhin mit Zangen und Glühbirnen nach seiner Bordfrau geworfen. Sicher ist aber nur, daß die NIXE während der Feiertage unberührt in ihren Festmachern dümpelte, und Klampe nach seiner Rückkehr jedermann erzählte, wie blöd die Segler doch wären, die unbedingt schon Ostern auf der Nordsee segeln müssen, während auf Madeira die Blumen blühen.

Schnapsidee

Klampe kennt das Problem aus eigener Erfahrung: In weinseliger Laune geborene Wetten lösen sich entweder am nächsten Tag bei nüchterner Betrachtung als schlichter Blödsinn auf, oder arten, unter Mißachtung dieser Tatsache, in Aktionen mit nachfolgender Ernüchterung aus. Daher ist Wegerich bei Wetten stets zurückhaltend, ganz besonders, wenn Alkohol mit im Spiel ist. Andererseits ist auch bekannt, daß speziell im Urlaub Männer eine fast knabenhafte Freude daran haben, etwas ganz und gar Verrücktes auszuhecken. In eine solche Situation gerät Klampe, als er im Hafen der dänischen Insel Bågø auf seinen Clubkameraden Heiner Marquard trifft, der seinen Motorsegler natürlich wieder am besten Liegeplatz geparkt hat.

Nach etlichen Bieren und mehreren Jubis in der gemütlichen Kajüte der Nixe fängt Klampe an zu frozzeln: »Du mit deiner dicken Quatze, ohne den Unterwasser-Besan würdest du vermutlich überhaupt nicht vom Fleck kommen. Dein Schiff kommt doch erst mit acht von achtern ins Laufen, sonst motorst du doch immer. Vermutlich ist das auch ganz gut so – ich wette, du kannst gar nicht richtig segeln. Denn richtiges Segeln lernt man nur in der Jolle!«

Marquard läuft krebsrot an: »Das werd' ich dir beweisen! Morgen nehme ich mir von den Kindern den Opti und segel damit um die Insel. Ich wette um eine Kiste Flens, daß ich's schaffe, du aber nicht!«

Natürlich kann Klampe das nicht auf sich sitzen lassen. Am nächsten Morgen stechen die beiden Männer in den geliehenen Optis zu einer »Spritztour« in See. Ihren Frauen haben sie gesagt, sie würden nur ein Stück an der Küste entlangsegeln, und sie sollten sich keine Gedanken machen, wenn sie erst zum Mittag zurück wären.

Klampe wundert sich, wie gut der dicke Marquard mit der kleinen Kiste zurechtkommt, und im Geiste sieht er sie schon mit Bierflaschen gefüllt, die alle von ihm bezahlt werden müssen.

Schlag auf Schlag kreuzen sie nach Norden. Der Wind frischt auf, und die aus dem Belt anlaufenden Seen werden steiler und tragen bald erste Schaumkronen. Dann merken die Männer, daß eine starke Strömung die beiden Nußschalen gepackt hat und sie unaufhörlich von der Insel wegdriftet. »Es hat keinen Zweck«, preit Klampe seinen fettleibigen Kontrahenten an, der bereits unaufhörlich Wasser ausöst, »Wir müssen ablaufen, 'rüber nach Assens!«

Die Silos der Kleinstadt sind deutlich an der gegenüberliegenden fünischen Küste auszumachen. »Meinst du, daß wir's schaffen? Das sind noch gut drei Meilen!« ruft Marquard merklich frustriert zurück.

Am frühen Nachmittag schrammen die Schwerter der Optis über den steinigen Strand unmittelbar vor einem

Campingplatz. Stocksteif, mit verbogenen Gliedern, staksen die beiden ältlichen Herren an Land, bestaunt von den Campern wie weiland Christoph Columbus. Klitschnaß sind T-Shirt und Shorts. Außerdem haben sie keinen Pfennig Geld mitgenommen.

Bei der Besitzerin des Campingplatzes finden Heiner und Wegerich zwar kein Verständnis, aber immerhin Hilfe: »Wenn ihr nicht schon selbst auf euch aufpassen könntet, würde ich euch jetzt den Hintern versohlen«, sagt sie und ruft den Hafenmeister in Bågø an: »Sag' man den Frauen, sie können ihre Männer hier auslösen – gegen Snaps und Øl!« Dann zählt sie das Geld für zwei Fährbillets ab.

Am nächsten Morgen ankern Klampe und Marquard mit ihren Booten dicht unter der Küste, um die Optis auszulösen, die als Pfand zurückgeblieben sind. Elsbeth und Marquards Hannelore bleiben demonstrativ an Bord zurück, als die Männer mit einem Angelboot abgeholt werden.

»Weißt du«, sagt Wegerich zu Heiner Marquard, als er die Hälfte der Rechnung für Schnaps und Bier bezahlt, die nach dem Umtrunk mit der »Rettungsmannschaft« in der Kantine des Campingplatzes fällig wird, »das war meine allerletzte Wette. Und im übrigen war's wirklich 'ne Schnapsidee!«

Augenmaß

Merkwürdig ist das schon: Wird Wegerich Klampe von Leuten, denen er gern imponieren möchte, nach der Länge seiner Nixe gefragt, so macht er aus 10,25 m ohne mit der Wimper zu zucken 11 Meter. Stellt ihm jedoch ein Hafenmeister die gleiche Frage, schrumpft sein Kahn etliche Zentimeter, denn über zehn Meter wird's teuer. Mit dieser Masche hat Klampe schon viel Geld gespart, und er gedenkt, sie auch weiterhin zu praktizieren.

Im dänischen Bagenkop, seinem ersten diesjährigen Urlaubshafen, steigt ein blonder Engel in knappen Shorts von Bord zu Bord, um »Havnepenge« zu kassieren. Als die Assistentin des Hafenmeisters bei Wegerich im Cockpit hockt, ist er so leutselig wie nie, wenn das Liegegeld fällig wird. Klampe flötet etwas von »netter Hafen hier« und »immer wieder gerne in Bagenkop«. Die Frage des Engels nach der Länge der Nixe interessiert ihn weit weniger als ihre Figur, die blauen Augen und das nette Lächeln. »9,80 Meter«, sagt Klampe wie in Trance. Das Blondinchen schreibt eine Quittung und eine Bemerkung in ihr Notizbuch.

Eine halbe Stunde später radelt der Hafenmeister die Mole entlang. Genau vor dem Päckchen, in dem die Nixe liegt, stellt er den Drahtesel ab.

»Was will denn der hier?« fragt er Elsbeth, die in der Plicht gerade den Abendbrottisch deckt. »Bezahlt haben wir doch schon!«

Zielstrebig klettert der Weißbemützte über die Boote und macht an Deck der Nixe halt.

»Bitte, wie lang ßoll dein Boot ßein?« fragt er den verdutzten Wegerich so laut, daß alle Nebenlieger es hören können.

»Neunmeteraaachtzig« stottert Klampe und fühlt plötzlich, daß hier ein ganz steifer Sturm im Anzug ist.

»Das glaubst du doch ßelber nicht«, antwortet der Däne, »denn an deinem Boot steht: ›Poseidon 34‹, und 34 Fuß ßind zehnmetersechsunddreißig. Und ßieh mal hier (dabei hält er Klampe eine Liste mit den ausgedruckten Bootslängen gängiger Typen unter die Nase): Deine Poseidon steht da mit 10,25 m!«

Klampe windet sich: »Ich wußte nicht ...«

»Du wolltest betrügen!« donnert der Hafenmeister zurück, so laut, daß der dicke Marquard aus dem Club es noch auf seinem Motorsegler im letzten Päckchen mitkriegt.

»Jetzt zahlst du doppelt Liegegeld, und Hafenverbot in Bagenkop ßollst du auch haben!«

Ganz früh am nächsten Morgen purrt Klampe Elsbeth aus der Koje und läuft aus. Seit diesem Zwischenfall ist sein Boot gewachsen – auf 10,25 m.

Knotenkunde

Man kann nicht sagen, daß Klampe ein Knoten-Fetischist ist. Die bunte Palette seemännischer Kunst-Knüpfstücke sieht er eher als maritimen Zierat an, der bestens geeignet ist, Buddelschiffe zu umgarnen und Fußabtreter für Schwagers Wochenendhaus anzufertigen. Eigentlich gibt es für Klampe nur einen einzigen Knoten, der für alles herhalten muß: den Palstek. Im Laufe seines Seglerdaseins hat er nämlich herausgefunden, daß man mit diesem Universalgebinde große Schlingen knüpfen kann, die sich über die Heckpfähle werfen lassen. Auch eignet sich der Palstek seiner Erfahrung nach vorzüglich, um zwei Leinen zusammenzuknoten, die Brille mit einem Bändsel zu sichern, die Gastflagge am Mast vorzuheißen oder die Festmacher der NIXE an den Stegringen zu sichern. Warum also sollte Klampe sich um die Beherrschung weiterer Seemannsknoten bemühen?

So verwundert es nicht, daß Klampe sich eine Philosophie zurechtgebastelt hat, die den Palstek und die Art, wie er zu machen ist, in den Mittelpunkt allen seemännischen

Könnens rückt. Er akzeptiert nämlich nicht irgendeine Art, den Knoten zu knüpfen, sondern ausschließlich seine ganz spezielle Methode, und die hat er so perfektioniert, daß er den Palstek sowohl hinter dem Rücken als auch mit verbundenen Augen in Sekundenschnelle zustande bringt, was er bei jeder passenden Gelegenheit dem staunenden Fußvolk vorführt. Wehe dem, der beim Anlegen vergeblich versucht, die Schlaufe hinzukriegen – wie etwa sein Freund Rainer, der sich mal wieder zur Herrentour angesagt hat.

Wegerich sieht das Dilemma bereits kommen, während er die Nixe in die Box steuert. Rainer steckt eine Bucht, erst links, dann rechts herum, fädelt den Tampen von oben, nein, von unten durch, führt ihn um die falsche Part herum – und dann sind die Heckpfähle bereits unerreichbar achteraus gewandert.

Wegerich Klampe ist, wie gesagt, nicht leicht aus der Ruhe zu bringen, aber nun schäumt er: »Wie oft habe ich dir schon gesagt, daß du für den Palstek keine Bucht legen sollst«, raunzt er seinen Mitsegler an. »Das macht man alles mit einer Handbewegung. Immer von links, hörst du, immer von links muß das lange Ende kommen, über die nach oben gedrehte Handfläche. Und dann drehst du mit der rechten Hand über den linken ausgestreckten Zeigefinger die Bucht. So, siehst du, so! Und das wird nun geübt«, sagt Klampe, nachdem sie die Nixe ordnungsgemäß vertäut haben, »immer wieder geübt, bis dir der Palstek zu den Ohren rauskommt!«

Während die beiden Männer im Cockpit sitzen und knoten, läuft steuerbords eine Yacht in die freie Nebenbox ein. Mit einem triumphierenden Blick sieht Schüler Rainer, daß dem Skipper ebenfalls der Palstek mißlingt, während sein Schulmeister Wegerich aufspringt, um der Crew behilflich zu sein.

»Geben Sie mir Ihre Achterleine, ich mache 'nen Palstek rein und werf' ihn über den Pfahl!« ruft er dem Skipper zu. Die Leine kommt – aber von rechts. Wegerich windet sich: von rechts, verdammt, von rechts – das geht nicht! Von links muß sie kommen, immer von links, und über die Hand!

Klampe springt auf dem Achterdeck wie ein Tanzbär um die eigene Achse, schlingt dabei die Leine um den Bauch, versucht, sie über die linke Hand zu legen – bis ihm der Tampen jäh fortgerissen wird und das Nachbarschiff mit dem Steven krachend gegen den Steg stößt.

»Wenn Sie nicht in der Lage sind, einen Palstek zu machen, sollten Sie besser keine Leinen annehmen«, wirft der angesäuerte Skipper dem völlig verdatterten Wegerich an den Kopf. »Das müssen Sie erst weiter üben, hören Sie, immer nur üben!«

Posttonnen

Bevor die Nixe durch den Nord-Ostsee-Kanal zum großen Sommertörn überführt wird, segeln Elsbeth und
Wegerich gern noch etwas auf der heimatlichen Elbe. Hin
und wieder nehmen sie dann Gäste mit, für die das Segeln
manchmal noch neu und aufregend ist. Elsbeths zehnjähriger Neffe Sven ist noch nie mit gewesen, aber jetzt können
seine Eltern dem Gebettel nicht widerstehen und geben ihn
in die Obhut von Schwägerin und Schwager.

Wegerich hat bei all seinen Vorzügen eine unangenehme Eigenschaft: Er veräppelt gerne Neulinge auf dem
Wasser, vor allem, wenn sie noch jung sind und alles glau-
ben, was der Kapitän ihnen mit gespielter Unschuldsmiene
erzählt.

So segeln sie also zu dritt elbabwärts, bestaunen die den
Hamburger Hafen anlaufenden Containerriesen und sichten schließlich querab Pagensand, am Rande der anderen
Fahrwasserseite, merkwürdige gelbe Tonnen, die wie große
querliegende Fässer im Strom schwoien.

»Was sind das für Bojen?« will Sven wissen.

»Och, das sind man nur die Posttonnen«, antwortet Klampe mit einem Blick auf die Reedetonnen, die hier ein Ankergebiet für wartenden Frachtschiffe abgrenzen.

»Wer soll denn da wohl Briefe 'reinstecken?« bohrt Sven weiter.

»Na, die Seeleute natürlich, die vor dem Auslaufen in die Nordsee noch schnell einen Gruß an ihre Lieben zu Hause abschicken wollen«, anwortet Klampe.

Sven blickt sinnend den achteraus bleibenden Tonnen nach. »Und braucht man dafür auch richtige Briefmarken?« fragt er plötzlich.

»Nö, da reicht der Schiffsstempel auf dem Brief«, sagt Klampe. »Da weiß die Post ja, welche Reederei oder welcher Segelverein das ist, und von denen holt sie sich später das Briefmarkengeld zurück.«

Das wechselnde Elbufer lenkt den Moses alsbald von den geheimnisvollen Tonnen ab. Aber abends, als sie im Hafen von Otterndorf festgemacht haben, fällt ihm die Sache mit der Postbeförderung auf der Elbe wieder ein. Wenn ich nun an Mama und Papa einen Brief schreibe, denkt Sven, was werden die für Augen machen, wenn der als Sonder-Schiffspost mit einem Stempel von Bord der NIXE ankommt! Und meine Klassenkameraden werden echt neidisch sein, weil die so seltene Briefstempel nicht mal in den besten Briefmarkensammlungen haben!

Als Elsbeth und Wegerich im Achterschiff schlafen gegangen sind, knipst Sven die Lampe über dem Kartentisch an, reißt die letzte Seite aus dem Logbuch heraus und schreibt einen langen Brief an seine Eltern. Von Posttonnen ist da die Rede, die nur von richtigen Seeleuten benutzt werden dürfen, und von Postboten, die mit gelben Motorbooten über die Elbe flitzen und die schwimmenden Briefkästen entleeren.

Dann sucht er den Schiffsstempel im Navigationsschapp, den Wegerich ihm noch vor dem Schlafengehen stolz gezeigt hat, färbt ihn mit dem Stempelkissen ein und drückt ihn außen auf den zusammengefalteten Briefbogen. Zufrieden mit seiner Arbeit steckt er das wichtige Dokument unter sein Kopfkissen.

Am nächsten Tag ist es flau, so daß Klampe den »Wind aus der Dose« einschaltet, wie er das Motoren nennt. Die Posttonnen hat er vollkommen vergessen. Nur Sven peilt auf dem Rücktörn unentwegt nach den gelben Fässern. Plötzlich entdeckt er sie an Steuerbord querab. Wie der Blitz saust er den Niedergang hinunter und kommt gleich darauf mit dem Brief in der Hand wieder an Deck.

»Wegerich, bitte«, sagt er ganz aufgeregt und hält dem verdutzten Klampe den Brief hin, »den mußt du jetzt für mich einstecken!«

Klampe ahnt plötzlich, daß er sich selbst eine tiefe Grube gegraben hat. Wie kommt er da wieder 'raus? Nur nicht das Gesicht verlieren, denkt er und hält auf eine der Tonnen zu. Dann läßt er die NIXE ganz langsam gegen den Strom an sie herandriften.

»Nimm' du mal das Ruder«, sagt er zu Elsbeth, »ich steck' nur eben die Post ein!«

Schon ist er am Bug über die Seereling geklettert und beugt sich weit hinab, um den Brief in den vermeintlichen Schlitz zu stecken. Das Täuschungsmanöver hätte sicher geklappt, wäre da nicht just in diesem Moment der Schwell eines vorüberziehenden Kümos eingetroffen. Klampe wirbelt herum, seine Beine strampeln im Leeren, bis er mit den Füßen auf dem runden Tonnenkörper Halt findet. Er hört noch, wie Elsbeth und Sven schreien, da hockt er auch schon wie bestellt und nicht abgeholt auf dem schwankenden Faß.

Elsbeth mußte einfach abdrehen, sonst wäre die NIXE mit ihrem schönen weißen Rumpf im Schwell gegen die Tonne geschlagen. Nun fährt sie einen großen Kreis, um ihren Skipper aus seiner mißlichen Lage zu befreien.

Genau in diesem Moment kommt der dicke Marquard mit seinem Motorsegler vorbei. Er schiebt die Tür vom Ruderhaus auf, grient über das ganze Mondgesicht und preit Klampe an: »Hallo, Briefträger, seit wann werden die Posttonnen schon mittags geleert?«

Klampe ahnt, daß er spätestens auf dem nächsten Clubabend mehr als eine Runde springen lassen muß. Was er nicht ahnt, ist die Tatsache, daß er von seinen Freunden noch Jahre nach diesem Vorfall »Briefträger« genannt wird, und das ist ein wahrlich langer Denkzettel für so ein bißchen Seemannsgarn.

Der Brief hat übrigens die Empfänger erreicht: frankiert mit richtigen Briefmarken, gekrönt von einem sehr seltenen Schiffsstempel.

Elefantenrennen

Wenn Elsbeth und Wegerich Klampe mit ihrer NIXE in den Urlaub segeln, kann sie so schnell nichts aus der Ruhe bringen. Bei schönem Wetter auf der Ostsee läßt Klampe schon mal die Segel flappen, wenn der Wind flau ist, ohne gleich den Motor anzustellen, während Elsbeth im Cockpit auf der Sonnenbank liegt. Nur am späten Nachmittag befällt den Skipper eine seltsame Unruhe.

Dann denkt Klampe an den bevorstehenden Landfall und beäugt mißtrauisch die vielen Yachten, die plötzlich aus dem Nichts auftauchen und alle auf den vorausliegenden Hafen zuhalten.

»Nun mach' endlich die Maschine an«, knurrt Elsbeth, »oder willst du wieder im Päckchen liegen?«

Mißmutig besorgt der Skipper seiner NIXE etwas frischen Wind aus der Dose, so daß sie gemächlich in Schwung kommt, während die anderen Yachten mit schäumender Bugwelle vorbeibrausen. Das Rennen der Elefanten, wie Klampe es nennt, scheint unter den Skippern so eine Art Massenpsychose auszulösen. Jeder will der Erste im Hafen sein.

Natürlich sind alle Boxen längst belegt, als die NIXE um die Hafenmole schrammt. Nur direkt in der Einfahrt ist die Kaimauer noch frei. Ob man sich da hinlegen darf?

Klampe entdeckt den Hafenmeister und preit ihn an: »Dürfen wir hier festmachen?«

»Meinetwegen«, knurrt der Weißbemützte zurück, »aber wenn noch jemand bei euch längsseits geht, müßt ihr beide weg!«

Klampe nimmt sich das zu Herzen. Kaum ist die NIXE vertäut, kommt schon eine Yacht heran.

»Geht leider nicht«, winkt Klampe ab, »der Hafenmeister erlaubt hier nur ein Boot!«

»Aha, 'ne Extrawurst, wie?« ruft der Skipper angesäuert zurück.

Es sind noch ganz andere Worte, die sich Elsbeth und Wegerich in den nächsten Stunden anhören müssen. Bis der dicke Marquard mit seinem Motorsegler einläuft und ihnen die Festmacher an Deck pfeffert.

»Was gehen mich dein Gequassel und der Hafenmeister an«, kontert er Klampes Abwehrversuche, »oder kannst du mir vielleicht sagen, wo ich hier noch festmachen soll?«

Resignierend vertäuen Wegerich und Elsbeth das Boot längsseits. Es ist schon spät geworden, und sie wollen endlich ihre Ruhe haben, denn morgen soll es früh losgehen.

Elsbeth ist gerade trotz Wegerichs Schnarchkonzert eingeschlummert, als ein schauerliches Tuten ihre Träume unterbricht. Klampe flitzt im Pyjama an Deck und sieht zu seinem Schrecken, daß die NIXE rückwärts, mit querstehendem Ruder, von Marquards Motorsegler aus dem Hafen in die offene See gezogen wird. Nur wenige Meter entfernt schiebt sich der hohe Bug der Fähre an ihnen vorbei.

»Du dusseliger Kaffeesegler!« brüllt Wegerich Marquard hilflos an, »was mußt du mit deiner dicken Quatze die ganze Einfahrt dichtmachen. Jetzt haben wir den Ärger!«

Seitdem ist es am Nachmittag endgültig mit der Ruhe bei Klampe vorbei. Wie alle anderen stellt er den Gashebel stets auf »voll voraus«, wenn das Elefantenrennen beginnt.

Selbstbauer

Vor Seglern, die ihre Yacht selbst gebaut haben, hat Klampe eine gewaltige Hochachtung. Er kennt die Schinderei nur allzu gut, hat er doch immerhin schon zwei kleinere Boote eigenhändig ausgebaut. Immer war er froh, wenn der Stapellauf anstand, denn segeln tut Klampe allemal lieber, als in zugigen Bauschuppen zu werkeln.

So sind ihm auch gewisse Spezies suspekt, die jahrelang jede freie Minute in den Eigenbau investieren. Sie haben zwar den Ehrgeiz, das Boot besser als jede Werft auszubauen, doch läßt sich die lange Plackerei nicht immer mit dem hohen Qualitätsanspruch erklären. Klampe hat vielmehr den Verdacht, daß diese Sorte Seeleute viel lieber bastelt als Boot fährt. Und wenn dann das Schiff endlich fertig ist, sind sie todtraurig, was nicht selten dazu führt, daß das gute Stück nach kurzer Fahrenszeit wieder verkauft und ein weiterer Neubau begonnen wird.

Einige dieser Hobby-Schiffbauer haben dazu noch eine besonders unangenehme Eigenschaft: Sie lassen »Boote von der Stange« nicht gelten, titulieren sie als »Joghurt-Becher«

und protzen mit selbsterdachten Raffinessen, die dem kleinen Serienboot-Besitzer deutlich machen sollen, welch armseliges Gefährt er doch besitzt.

Ein solcher Bastler läuft Elsbeth und Wegerich eines Tages vor den Bug, just als sie mit der NIXE bei leichtem Nebel die schmale Einfahrt des kleinen Hafens der schwedischen Insel Utklippan suchen. Der Skipper des Holzbootes preit sie an: »Folgen Sie mir, ich habe Radar und den Leuchtturm klar voraus!« Na ja, denkt Klampe, wenn das so ist, werd' ich mal ins Kielwasser einscheren, viel kann uns ja nicht passieren. Tatsächlich lotst sie der Mahagoni-Eigner sicher in den Hafen. Klampe will sich nach dem Festmachen bedanken und klopft mit einer Pulle unter dem Arm an den Seezaun. Der fremde Skipper ist erfreut. Klampe merkt sofort, mit wem er es zu tun hat.

»Wollen Sie sich mal ein richtiges Schiff ansehen?« animiert ihn der Typ zum Anbordkommen. »Alles selbst gebaut. Fünf Jahre Arbeit. Und das Schiff habe ich auch noch selbst gezeichnet. So was müßten die sogenannten Fachleute mal entwerfen. Tut ja keiner, weil alles billig sein muß. Eine Yacht von der Stange, so 'ne (und da nennt er Klampes Bootstyp) ist doch ein Dreck dagegen.«

Wegerich will sich nun eigentlich ganz schnell wieder verabschieden, da ist er schon in die Fänge des Selbstbau-Experten geraten.

»Mein Schiff war schon in der ›Yacht‹«, verkündet dieser stolz, »die haben eine große Reportage gemacht. Das sind Leute, die können noch beurteilen, was es heißt, Peddigrohr in die Schapp-Klappen einzuflechten oder eine richtige Würfelgräting fürs Cockpit zu bauen!«

Und dann öffnet er zwei Schranktüren über dem Kartentisch, die all' das an Navigationselektronik offenbaren, was
man nur in eine Yacht hineinbauen kann. Klampe bleibt die
Spucke weg. Wetterfax und Radar, Kartenplotter und Multi-
funktions-Display blinken da um die Wette. »Und dies hier
ist der neueste Pfiff«, sagt der Skipper, »ein Sonar-Echolot,
das vorausschauen kann. Damit läßt sich erkennen, was vor
dem Bug unter Wasser los ist!«

»Und wo soll's morgen hingehen?« erkundigt sich Klampe
nicht so sehr aus echtem Interesse, sondern mehr, um das
Thema zu wechseln und sich gleichzeitig zu verabschieden.

»Nach Kalmar«, sagt der Selbstbauer.

»Ach, da wollen wir auch hin«, rutscht es Klampe heraus,
und im gleichen Moment wird ihm klar, daß er jetzt einen
Bock geschossen hat.

»Na prima, dann können wir ja mal sehen, wer schneller
ist, Ihre NIXE oder meine Eigenkonstruktion«, freut sich der
Perfektionist.

Am nächsten Tag laufen Elsbeth und Wegerich bereits
in der Morgendämmerung aus. Doch noch bevor sie zur
schmalen Ausfahrt zwischen den Klippen hinausmotoren,
sehen sie, daß auch der Selbstbauer ablegt. Kaum hat er den
Hafen verlassen, setzt er auch schon den Blister. Klampe
baumt die Genua aus.

»Wir halten ein bißchen weiter nach See 'raus«, instruiert er Elsbeth, »da ist vielleicht mehr Wind, und wir kommen gut von den Flachs frei.«

Nach einer guten Stunde liegt der Selbstbauer weit in
Lee deutlich voraus. Klampe überprüft den Kurs auf der
Karte. Ungläubig koppelt er auch den Kurs seines Kontra-

henten nach. Dann schießt er zum Niedergang hinaus: »Du, Elsbeth, der müßte gleich ...«

Das dumpfe Geräusch eines Aufpralls, das selbst auf die Entfernung deutlich zu hören ist, unterbricht seine Worte. Wegerich und Elsbeth sehen noch, wie die andere Yacht eine Verbeugung macht, wobei der Mast zittert und schwankt. Der Skipper rennt aufs Vorschiff, um die Segel zu bergen. Die Super-High-Tech-Yacht sitzt hoch und trocken auf einem Unterwasserfelsen, trotz Selbstbau, Voraussicht-Echolot und anderem technischen Schnickschnack.

Klampe ändert seinen Kurs – nicht, um dem Supersegler zu helfen, denn auf das Flach kommt er mit der NIXE sowieso nicht –, sondern um einer peinlichen Konfrontation aus dem Wege zu gehen. Im kleinen schwedischen Hafen Kristianopel finden sie einen der raren Liegeplätze.

Doch Klampe hat die Rechnung ohne den Wirt gemacht. Zwei Stunden später läuft auch der Selbstbauer ein. Ohne die NIXE eines Blickes zu würdigen, macht er sein Boot an der Verladepier fest und telefoniert unverzüglich einen Mobilkran herbei, der das Schiff alsbald aus dem Wasser hebt.

Klampe reiht sich unauffällig in die Schar der Sehleute ein, die neugierig den an der Sohle demolierten Kiel begutachten. Doch der Skipper hat ihn sofort entdeckt:

»Hier können Sie mal sehen, was Eigenarbeit wert ist«, ruft er Klampe zu. »Das Boot ist pottendicht geblieben. Wenn das mit Ihrem Kahn passiert wäre ...«

Seitdem weiß Klampe, daß man um einen Selbstbauer auch dann noch einen großen Bogen segeln sollte, wenn ihm das Wasser buchstäblich bis zum Halse steht.

Tierliebe

Man kann Klampe wirklich nicht nachsagen, er hätte was gegen Haustiere. Doch seit Elsbeth sich damals in die russisch-blaue Edelkatze verguckt hatte, die die Kajütpolster mit ihren langen Haaren dekorierte und an Bord mehr Freiheit genoß als der Skipper selbst, kann er sich nur wundern, warum so viele Crews freiwillig die enge Kajüte noch mit einem Vierbeiner teilen.

Das heißt, manchmal sind es auch Zweibeiner, die Klampe in Erstaunen versetzen. Neulich abend ging so eine segelnde Holzhandlung bei der NIXE längsseits, deren Eigner gleich nach dem Festmachen einen Papageienkäfig ins Cockpit hängte.

»Guten Morgen«, krähte der schillernde Paradiesvogel unaufhörlich.

»Verdammter Döskopp«, knurrte Klampe, »halt gefälligst deinen Schnabel, wenn wir in die Koje gehen wollen!«

Doch diesen Gefallen tat der Papagei Elsbeth und Wegerich erst, als Herrchen eine Kapuze über den Käfig stülpte.

Einmal hätte sich Klampe vor Schreck fast am heißen Morgenkaffee verbrüht, als auf dem Nachbarschiff ein Krokodil von Frauchen zum Sonnen aufs Vordeck getragen wurde. Und als im schwedischen Smögen plötzlich ein Affe auf der Saling der NIXE herumturnte, war Wegerich Klampe so perplex, daß ihm nichts Besseres einfiel, als dem Besitzer einen Vogel zu zeigen.

Woran es liegt, daß Hunde ihm stets ans Leder wollen, weiß Klampe auch nicht. Aber da das nun mal so ist, peilt er bei jedem Längsseitsgehen immer erst ins Cockpit des Nebenliegers, ob sich dort vielleicht ein Schäferhund oder gar ein Rottweiler räkelt. Das sind seine erklärten Lieblinge.

Auch im malerischen Kalmar pliert er erst in die nachbarliche Plicht. Die Luft ist rein, und die Klampes machen in gewohnter Manier – sie am Ruder, er an den Festmachern und Fendern – ihre NIXE neben einer rassigen Plastik-Schönheit fest. Aus dem Dreierpäckchen wird schnell ein Viererpäckchen – doch was stört's! Es ist sowieso schon spät, und morgen soll es weitergehen.

Gleich nach dem Wecken fühlt Klampe ein Rumoren im Darm. Elsbeths Pflaumenkuchen! Er muß sofort an Land, denn das Bordklo ist im Hafen tabu. Im Morgengrauen klettert der Skipper über das Nachbardeck und will gerade den Innenlieger erklimmen, als mit wildem Gebell ein Dobermann aus der Kajüte geschossen kommt und dem vermeintlichen Einbrecher fletschend die Zähne zeigt.

Klampe kneift die Backen zusammen und preit in die Kajüte: »Herr Nachbar, ich muß, äh, ich muß über Ihr Boot. Können Sie mal den Hund wegnehmen?«

Doch unter Deck rührt sich nichts. Der Köter geifert unverdrossen, und Klampe gerät nun wirklich in Panik. An Bord darf er nicht, an Land kann er nicht ...

»Ach wat«, schimpft Wegerich laut, so daß alle Frühaufsteher es hören können, »wenn ick schieten mut, dann mut ick schieten«, sagt's und sprintet zurück zum Bordklo der NIXE.

Seitdem weiß Elsbeth, daß ein tierisches Erlebnis alle Hafenregeln außer Kraft setzen kann, wenn sich ein menschliches Bedürfnis nicht aufschieben läßt.

Kanalfahrt

Im Gegensatz zu den meisten Skippern, die Klampe in seinem langen Seglerleben kennengelernt hat, liebt er Kanalfahrten. Warum das so ist, kann er nicht erklären, zumal er darüber noch nie nachgedacht hat, doch Elsbeth argwöhnt, daß es ganz profane Gründe sind. Wie sie aus eigener Erfahrung weiß, ist Klampe stets übervorsichtig, wenn es auf einen längeren Schlag über offenes Wasser geht. Dann wird jeder erreichbare Wetterbericht abgehört, und wenn der auch nur andeutungsweise eine Windwarnung meldet, ist Klampe nicht zu bewegen, den sicheren Hafen zu verlassen. Nein, ängstlich ist Wegerich nicht, aber das Wohl seiner Mannschaft ist ihm wichtig, wie er einen solchen Entschluß stets zu begründen versucht.

Beim Befahren eines Kanals freilich kann er seine Aufopferung vergessen. Mag es junge Hunde wehen – es ist ihm ganz egal. Triumphierend blickt er von Bord der NIXE auf die Bäume an der Kanalböschung, die sich im Sturm biegen. Ruhig zieht das Boot seine Bahn, die links und rechts von Ufersteinen begrenzt wird und ganz sicher in den nächsten Hafen führt. Klampe findet Kanalfahrten entspannend – wenn da nicht die Schleusen wären.

Elsbeth haßt sie, speziell, wenn kein Hilfsmann an Bord ist. So findet sie Klampes Idee, den Götakanal quer durch Schweden zu befahren, auch nicht sonderlich verlockend. Immerhin ist er 190 Kilometer lang und hat 58 Schleusen. Außerdem soll es da eine ganze Reihe von Schleusentreppen geben, die man nacheinander erklimmen oder hinabklettern muß, um in das nächste Kanalstück zu gelangen.

Doch wie immer setzt Klampe sich mit seiner Törnidee durch, und so laufen sie eines schönen Sommertags von der schwedischen Ostküste aus bei Mem in die erste Schleuse ein.

Klampe hat sich einen Plan für die Schleusenmanöver zurechtgelegt. Entgegen den sonstigen Gepflogenheiten auf der Nixe will der Skipper bei den Anlegemanövern selbst das Ruder übernehmen. »Ich fahre das Boot, und du springst an Land und belegst die Festmacher«, instruiert er seine Bordfrau. Nun ist Elsbeth nicht mehr so gelenkig wie in jungen Jahren und überdies auch nicht so recht im Training, was das An-Land-Jumpen betrifft, so daß sie recht ängstlich auf die sich nähernde hohe Schleusenmauer blickt. Doch mit einer Fixigkeit, die Wegerich ihr gar nicht zugetraut hätte, springt sie mit dem vorderen Festmacher von Bord, belegt ihn auf dem Poller und schnappt sich nach kurzem Spurt achtern den Hecktampen, den Klampe ihr zugeworfen hat. Wegerich setzt die Tampen an Bord durch und bringt vorsorglich noch eine Spring aus. Schon haben Helfer die beiden Schleusentore geschlossen und vorn die Schieber geöffnet, so daß das Wasser mit mächtigem Druck in die Kammer schießt. Klampe sieht zu seiner Erleichterung, daß die Festmacher gut plaziert sind und das Boot längs der Kaimauer auf Position halten.

Doch was ist mit dem Vordermann? Die Motorpinasse, die offensichtlich von einer Chartercrew geskippert wird, setzt sich plötzlich in Bewegung und schiebt sich auf die Nixe zu.

»Passen Sie doch auf!« brüllt Klampe, »Sie müssen den vorderen Festmacher durchsetzen!«

Und dann will er seinen Augen nicht trauen: Die Crew hat überhaupt keine Festmacher ausgebracht! Sie versuchen, das Motorboot mit Peekhaken an die Poller zu ziehen, die in der Schleusenmauer angebracht sind. Aber die Kraft des einströmenden Wassers ist stärker. Unaufhaltsam driftet das Schiff näher heran. Mit gewaltigem Krachen bohrt sich das Heck der Pinasse in den Bugkorb der Nixe und drückt ihn wie Blumendraht zur Seite. Klampe flitzt nach vorn und versucht mit aller Kraft, das schwere Schiff abzudrücken. Zwei Bootshaken recken sich ihm wie Speere entgegen. Vom Wasserdruck getrieben, schlägt das Motorboot in der Schleusenkammer quer und verkeilt sich an der gegenüberliegenden Wand. Nichts geht mehr.

Klampe stolpert nach achtern, um Fender zu holen, da sieht er, daß Elsbeth auf einer Höhe mit dem Deck an Land steht und erstarrt die Szene beobachtet. Das Wasser ist zum Stillstand gekommen und hat in der Kammer seinen höchsten Pegel erreicht.

»Sie haben wohl noch nie was davon gehört, daß man ein Boot beim Schleusen festbinden muß«, schreit Klampe außer sich vor Wut, »wenn Sie keine Ahnung von Seemannschaft haben, sollten Sie lieber radfahren!«

Der Skipper des Havaristen ringt beide Hände: »So sorry, so sorry«, ist alles, was er hervorbringt. Klampe dämmert es, daß seine Kontrahenten Engländer sind. »Will you please leave the lock«, raunzt er zurück, doch die Pinasse sitzt wie in einem Schraubstock eingeklemmt zwischen den Schleusenmauern fest. Vorn und achtern zeigen sich arge Blessuren, der Kunststoffrumpf ist eingedrückt. Mit den vereinten Kräften der Schleusenwärter und herumstehenden Gaffer kommt das Boot endlich frei, so daß es zusammen mit der NIXE auslaufen kann.

Im Kanal machen sie an den Pfählen fest, und Wegerich will gerade losrasen, um jetzt und sofort die Versicherungsangelegenheiten zu regeln, als er den Engländer von Bord der Pinasse steigen sieht. In der Hand hält er ein in der Sonne blitzendes Tablett. Darauf stehen drei Kristallgläser und eine Sherryflasche. Über dem Arm hat er eine blütenweiße Serviette gelegt. Ja, und wahrhaftig – Klampe glaubt, in einen schlechten Film geraten zu sein –, die Hände stecken in weißen Handschuhen.

Lächelnd kommt der Skipper näher, und Klampe fühlt plötzlich, wie sein Blutdruck sich normalisiert. Darauf ist er ganz und gar nicht gefaßt. »Come on board«, kann er nur noch stottern, während der Engländer wie der Butler aus »Dinner for one«, das Tablett mit einer Hand balancierend, über die Seereling klettert und aufrecht ins Cockpit schreitet. Dort legt er die Serviette um die Flasche, schenkt den Sherry aus und überreicht die Gläser mit feierlicher Miene.

Bei Wegerich schmilzt auch das letzte bißchen Wut dahin. Elsbeth ist hingerissen von dem charmanten Butler und lächelt ihn an, als wäre nichts passiert. Alle heben ihr Glas.

»Cheers«, sagt der Butler, »I hope that we will meet next time under more favourable circumstances«.

Sie treffen sich noch 57mal. Und Tag um Tag gibt es eine Einladung und eine Gegeneinladung, so daß Klampe etliche Flaschen des teuren schwedischen Sherrys nachbunkern muß. Als sie die Schleuse Lilla Edet, die letzte des Kanals kurz hinter Trollhättan, erreichen, sind sie Freunde geworden, und Klampe sagt zu Elsbeth: »So eine Kanalfahrt ist wirklich entspannend!«

Wenn da nur nicht die Schleusen wären.

Curryessen

Herrenessen sind ein Sakrileg. Wer dazu eingeladen wird, darf sich geehrt fühlen, insbesondere, wenn es sich um ein hochoffizielles Herrenessen des lokalen Seglerverbandes handelt. Klampe hat grundsätzlich etwas gegen diese elitären Veranstaltungen, denn erstens ist Segelsport seiner Meinung nach längst kein Herrensport mehr, und zweitens enden derartige Sitzungen meistens mit einem Besäufnis. Und nun ist Klampe – wie er zu der Ehre kommt, ist ihm schleierhaft – auch noch zu einem Curryessen eingeladen worden. Dieses gräßliche Relikt aus alten Segelschiffstagen, wo alles, was der Koch in der Kombüse noch an Eßbarem auftreiben konnte, zusammengemanscht nur dadurch genießbar wurde, weil scharfe Gewürze den Hautgout des angegammelten Fleisches übertünchten.

Da sitzt er also im dunklen Blazer, eingezwängt zwischen mehr oder weniger ergrauten, würdevoll dreinblickenden Herren, die allesamt durch eine imposante Dekoration mit diversen silbernen und goldenen Nadeln am Revers dokumentieren, welch verdienstvolles, ehrenamtliches

Engagement sie im Laufe der Zeit für ihren Verein aufgebracht haben.

Die geschniegelte Uniform seines Tischnachbarn zur Rechten weist den Träger als Offiziellen vom Bund aus. »Standortkommando Nord des Grenzschutzes« steht auf der Tischkarte. Gegenüber sitzt mit versteinerter Miene ein, wie Klampe von seinem Tischnachbarn zur Linken respektvoll zugeflüstert wird, echter Admiral, und am Kopfende hat der Verbandspräsident Stellung bezogen.

Wegerich fühlt sich unwohl. Eigentlich ist er ein viel zu kleines Licht für diesen respektvollen Rahmen.

Das Gesöff, mit dem sich die Herren nun eifrig zuprosten, erinnert Klampe an die »Spezi« seiner Tochter, nur daß die Ober statt Cola und Brause dunkles Bier und Sekt zusammenkippen.

»Meine Herren, einen Toast auf unseren Sport und unseren Präsidenten«, sagt der Admiral, erhebt sich mit dem Glas in der Hand, den freien Arm hinter dem Rücken verschränkt, und prostet dem Ehrenvorsitzenden zu. Alle stürzen das Guinness-Gemisch durch die Kehlen.

Klampe ist jetzt schon schlecht. Doch dann kommen die Schüsseln auf den Tisch: Kleingehacktes, Gekrümeltes, Zerstückeltes in jeder nur vorstellbaren Variante, bestehend aus Hühnerfleisch, Eiern, Pickles, Sardinen, Frikadellen, Pfannkuchen, dazu Chutney, Piccadilly, Ketchup, Samba Oleg, Ingwer- sowie Curry-Powder und Reis.

Die ehrwürdigen Herren häufen begierig das ganze Zeug auf ihre tiefen Teller. Dazu rezitiert der Präsident die »Segelanweisung zum Curryessen«: »Merke Dir vorweg genau, nicht zu kratzig, nicht zu flau, nicht zu papsig, nicht zu dünn, stehen soll der Löffel drin!«

Wegerich kann es nicht fassen: Allen scheint diese barbarische Vergewaltigung köstlicher Zutaten ein kindisches Vergnügen zu bereiten. »Nimm vom Reis nach Inder Art, mische, mansche, mansche, mische, daß sich alles richtig paart«, hört er benommen den Vorbeter am Ende des Tisches.

Dann kommt der Moment, auf den anscheinend alle gewartet haben. Der Admiral ergreift mit beiden Händen seinen Teller samt dem darin angedickten Brei, hält ihn über den Kopf, dreht ihn um – und nichts passiert! Die Curry-Pampe bleibt im Teller kleben!

Alle Herren sind außer sich, applaudieren, schlagen sich auf die Schenkel und schreien »Bravo«.

Warum fixiert mich der Typ nur so durchdringend, denkt Wegerich noch, als der Admiral ihn plötzlich lauthals anmorst: »Herr Klampe, Sie sind doch neu in unserer Runde. Sie müssen das – nach altem Brauch – auch mal versuchen!«

Wegerich findet das ganz und gar nicht mehr komisch. Ja, ihm wird sogar richtig übel. Soll er für diesen ganzen Affenstall etwa den Clown machen?

»Meine Herren, so, wie ich mich jetzt fühle, finde ich dieses Essen. Ich wünsche Ihnen noch einen guten Appetit!«

Sagt's, erhebt sich, verbeugt sich betont zackig mit leichtem Hackenanschlag nach links und rechts, und verläßt – ohne sich noch einmal umzublicken – den Saal.

Die Ehre, zu einem Curryessen eingeladen zu werden, hat Klampe nie wieder gehabt.

Weihnachtsüberraschungen

Das Fest der Liebe bereitet Klampe stets Bauchschmerzen. Schon wieder diese Schenkerei, denkt er, und eigentlich bräuchten wir 'ne neue Genua viel dringender. Aber so abgebrüht wie seine Clubkameraden, die der Angetrauten einen in Goldpapier eingewickelten Plattenanker schenken, oder die als Bootsnamen an ihr Schiff »Mamis Nerz« schreiben, ist er nun doch nicht.

Sein Freund Felix hat sich zum Beispiel im letzten Jahr mit dem Weihnachtstrick das lange gewünschte Beiboot geschenkt – indirekt, versteht sich. Es war nämlich sehr leicht, seine Frau zu überreden, den Kindern ein »Spielzeug« für die langweiligen Hafentage zu schenken.

»Mit einem Schlauchboot«, hat er geflötet, »sind wir sie für Stunden los, und du hast deine Ruhe!«

Fies, findet Klampe. Und doch! So ein schöner Barograph im Mahagonikasten, das wär' was für die NIXE. Genehmigt Elsbeth nie! Wenn ich ihn nun ihr ...?

Am Weihnachtsabend schreiten Wegerich und Elsbeth feierlich zum festlich geschmückten Tannenbaum, unter dem die heimlich deponierten Geschenke lagern. Klampe ortet sofort SOS: Schlips, Oberhemd, Socken. Aber dann liegt da noch etwas Geheimnisvolles, schön verpackt mit violetter Schleife drumherum.

Wie immer hat Elsbeth Vorfahrt beim Auspacken. Den größten Karton läßt sie bis zum Schluß. Klampe wird ungeduldig: »Das Beste hast du ja noch gar nicht gesehen«, sagt er.

Erwartungsvoll entfernt Elsbeth das Weihnachtspapier und zieht einen funkelnden, mahagoniglänzenden Barographen heraus.

»Wie schön«, lächelt sie süßsauer, »der paßt prima auf unser Boot. Ich danke dir, mein Schatz!«

Klampe ist nicht ganz wohl. Aber da hat er schon sein geheimnisvolles Geschenk in der Hand. Rund ist es, abgewinkelt und in der Mitte dick. Behutsam öffnet er die violette Schleife und zieht einen Föhn heraus. Ungläubig starrt er auf das Gerät.

»Er ist für 12 Volt ausgelegt und arbeitet auch an Bord«, säuselt Elsbeth mit leicht ironischem Unterton.

»Ja, aber für mich?« fragt Klampe verwirrt, wobei er sich instinktiv über seinen spärlichen Haarkranz streicht, der sowieso immer an der Luft trocknet.

»Du kannst ihn mir ja ab und an mal auf der NIXE ausleihen«, antwortet Elsbeth, »so wie du hin und wieder einen Blick auf meinen Barographen werfen darfst... Es ist doch schön, wenn wir beide was von unseren Weihnachtsgeschenken haben.«

Supersegler

Mit Regattasegeln hat Klampe nicht viel an der Mütze. Deshalb kann er es sich selbst nicht erklären, wieso er sich trotz der bekannt behäbigen Segeleigenschaften der NIXE breitschlagen ließ, an einer Nordsee-Regatta nach Helgoland teilzunehmen. Vielleicht waren es die verlockenden Aussichten, einmal mit einer tatkräftigen Männercrew und egal bei welchem Wetter den Roten Felsen zu erreichen.

Nun sind sie also mit günstigem Schiebewind über die Nordsee gedüst und haben dabei die einzige Konkurrenz in ihrer Klasse – einen Spitzgatt-Oldtimer mit langem Kiel – auch noch vernascht. Kein Wunder also, daß Klampe in bester Stimmung ist und gleich nach dem Festmachen im Helgoländer Hafen den Sektkorken knallen läßt.

Die NIXE ist indes kaum an den glitschigen Baumfendern vor der Kaimauer ordentlich mit langen Landleinen, wie es sich in einem Tidehafen gehört, vertäut, als eine langmastige, flachbodige Rennschüssel, bei der man das Ölzeug gleich über den Pyjama ziehen muß, einläuft und längsseits festmacht.

Klampe schluckt hastig seinen Sekt hinunter, denn einige der Herren Supersegler machen bereits Anstalten, mit geschulterter pinkfarbener Racing-Tasche grußlos das Deck der NIXE zu entern, offensichtlich bereits in Vorfreude auf eine heiße Dusche im Hotelzimmer.

Klampes Miene verdüstert sich. Immer mehr schnelle Schlitten kommen von den Dreiecks-Regattabahnen hereingesegelt und vergrößern rapide das Päckchen, das nun unter dem Druck des Windes nach Lee schwoit.

Als wieder einige Regatta-Cracks vom vierten Schiff über die Nixe stolpern, preit Klampe sie an: »Wollen Sie nicht auch mal Leinen zur Landseite ausbringen, damit wir hier ruhiger liegen?«

Der angesprochene Segler glotzt ihn an wie ein Ochse, der beim Grasen gestört wird, zuckt die Schulter und murmelt etwas wie »wir haben gar keine so langen Leinen an Bord«.

Wegerich blickt ihm mit offenem Mund nach. »Ich glaub', mein Schwein pfeift«, sagt er entgeistert zu seiner Crew, »die haben zwar 'n nassen Arsch, aber keinen Schimmer von Seemannschaft!«

Eigentlich führt Klampe keine derart drastischen Reden, aber nun kommt ihm doch die kalte Wut hoch. Gerade hat als zehntes Boot im Päckchen eine mahagoniglänzende Superyacht mit den obersten Funktionären und Geldgebern festgemacht. Die Herren haben nichts Eiligeres zu tun, als den Schonbezug über das Deck ihres Schiffes zu legen, den Blazer anzuziehen und die Kletterpartie zum Festland anzutreten. Jetzt kann sich Klampe nicht mehr halten. Er stellt sich dem ersten Funktionär in den Weg:

»Bevor Sie an Land gehen, sollten Sie gefälligst Leinen ausbringen«, raunzt er. »Sehen Sie nicht, daß mein Boot hier zusammengedrückt wird wie eine Flunder?«

Der Blaue schiebt Wegerich mit einem nachsichtigen Blick auf die dicke Nixe zur Seite und antwortet: »Das erledigt schon unser Bootsmann. Wir müssen jetzt zur Preisverteilung.«

Mit einem Mal weiß Klampe, daß er da ganz bestimmt nicht hingeht. Denn langsam kommt ihm die Erkenntnis, daß diese High-Tech-Schiffe nur mit Geld und Muskeln bewegt werden, und daß das Wort Seemannschaft für diese Rekord-Kreaturen ein Fremdwort ist.

Seit jenem Helgoland-Debakel hat Klampe mit Regattaseglern einerseits und internationalen Wettfahrten andererseits überhaupt nichts mehr am Hut. Allenfalls nimmt er noch zum An- und Absegeln mit der NIXE an den internen Regatten seines Vereins teil. Denn da geht es weniger um Hochleistung, als ums Mitmachen. Jedenfalls, solange nicht irgendein Clubkamerad auf die Idee kommt, sich auch so eine Rennschüssel anzuschaffen.

One-Way-Törn

Wie die meisten Segler liebt Klampe sein Boot über alles. Böse Zungen behaupten sogar, daß er seine Sympathien nach der Reihenfolge: erstens kommt die NIXE, zweitens kommt die NIXE, und drittens kommt Elsbeth verteilt. So ist es auch verständlich, daß es ihm niemals in den Sinn kommen würde, sein Boot zu verleihen oder gar zu verchartern. »Für andere mache ich doch bei der Winterüberholung den Buckel nicht krumm«, pflegt er bei entsprechenden Diskussionen zu sagen, »und die paar Piepen, die du bekommst, mußt du hinterher wieder für Reparaturen ausgeben!«

Nein, Klampe gibt sein Boot nicht her, und dabei bleibt es. Basta! Bis ihn im zeitigen Frühjahr sein inzwischen halbwegs erwachsener Filius Dirk fragt: »Pa, könnt ihr mir im Juni euer Boot leihen? Wir wollen zu dritt nach Norwegen rauf, zur Sonnenwendfeier!«

Klampe blickt ihn an, als hätte er einen unsittlichen Antrag erhalten. Dann muß er sich erst mal setzen und heftig schlucken. »Warum denn um Gottes Willen nach Norwegen?« fragt er. »Wenn's hier vor der Tür in der Ostsee wäre, könnten wir ja drüber reden. Aber über das Skagerrak – nee, kommt nicht in die Tüte!«

»Aber Pa«, bohrt Dirk weiter, »das ist doch ein dufter One-Way-Törn. Wir könnten euch das Boot in Rasvåg übergeben. Da wollen wir nämlich hin, weil Bernds Eltern da ein Ferienhaus gemietet haben. Und dann könnt ihr einen prima Törn durch Südnorwegen machen. Ihr wolltet doch immer mal nach Norwegen segeln!«

Elsbeth knufft Wegerich in die Rippen: »Nun laß' die jungen Leute doch mal alleine los. Die können doch segeln – hast du selbst gesagt. Und wir machen uns dann ein paar schöne Wochen in den Schären!«

Pünktlich zum verabredeten Termin treffen Elsbeth und Wegerich mit ihrem Auto in dem winzigen Fischerort Rasvåg ein. Klampe ist sichtlich nervös und rennt zum Wasser hinunter, kaum daß sie einen Parkplatz in den engen Gassen gefunden haben. Vor ihm breitet sich eine liebliche, allseitig geschützte Bucht aus, in der sich die Felshänge hoher Berge spiegeln. Die Sonne steht warm über dem tiefschwarzen Wasser. Einige Yachten ankern dicht vor dem Ufer, aber die NIXE ist nicht dabei.

»Ich habe es gewußt, ich habe es gewußt!« ruft Klampe laut und schlägt sich mit der flachen Hand vor die Stirn. »Warum habe ich Idiot mich breitschlagen lassen? Die sind sicherlich irgendwo aufgebrummt. Vermutlich ist das Boot leckgeschlagen. Hier wimmelt's ja von Unterwasserfelsen. Wenn sie nur nicht abgesoffen sind ...«

Elsbeth kriegt es nun auch mit der Angst. Dann fragt sie einen älteren Norweger, der auf dem Steg angelt, ob er eine deutsche Yacht mit Namen NIXE gesehen hätte? Zum Glück spricht der Mann leidlich deutsch: Ja, hat er, die war gestern schon da. Aber heute morgen sei sie wieder ausgelaufen!

»Nun hört aber alles auf!« brüllt Klampe. »Sollen wir hier in diesem Kaff etwa übernachten? Hier gibt's doch nicht mal ein Hotel. Ich sag' ja, auf die Jungs ist kein Verlaß!«

»Freu' dich, daß sie nicht aufgebrummt und abgesoffen sind«, kontert Elsbeth.

»Ach was«, wettert Wegerich, »die sind los, um den Schaden reparieren zu lassen. Vermutlich muß das Schiff raus!«

Nur mit Mühe kann Elsbeth ihren Skipper zu einer Tasse Kaffee in dem kleinen Restaurant am Fähranleger bewegen. Vorsichtshalber bestellt sich Klampe gleich einen doppelten Linie-Aquavit dazu. Und da sitzen sie nun und warten. Stunde um Stunde verrinnt.

Plötzlich springt Klampe auf. In der schmalen Einfahrt zwischen den Felsen hat er einen Mast entdeckt. Kein Zweifel, das muß die NIXE sein – den Stander kennt er. Schnell schält sich das Boot aus den Schärenklippen. Klampe rennt auf den Steg und schwenkt wie ein in Not geratener Seemann beide Arme über dem Kopf. Die Jungs winken fröhlich zurück. Alles scheint in bester Ordnung zu sein.

Klampes Ärger löst sich in Luft auf. Gott sei Dank, sein Boot, sein geliebtes Boot schwimmt noch. Und der Motor läuft!

»Habt ihr Grundberührung gehabt?« sind Wegerichs erste Worte. Aber Elsbeth schiebt ihn beiseite und umarmt die Seefahrer. »Ein Glück, daß ihr da seid! Geht's euch gut?«

»Warum kommt ihr so spät?« bohrt Klampe weiter.

»Wir sind noch nach Flekkefjord motort, um für euch zu bunkern, Diesel und Wasser. Und dann haben wir eingekauft, für die Sonnenwendfeier!«

Als die NIXE sich zu fortgeschrittener Stunde in den Korso der vielen hundert Boote und Yachten einreiht, die dem inneren Fjord zustreben, sieht Klampe die Welt schon wieder rosiger. Etliche Aquavits sind seit dem Wiedersehen durch seine Kehle geronnen. Selig sitzt er in der Cockpitecke und läßt die Jungs manövrieren. Das Gewusel der vielen Boote stört ihn nicht mehr. Die können's ja, die haben es doch bewiesen!

Steven an Steven liegen sie nun im Kreis um eine riesige Strohpuppe, die man auf einem Schwimmponton mitten im Fjord verankert hat. Das fahle Licht der immer noch über der Kimm stehenden Sonne beleuchtet sie gespenstisch. Plötzlich wird ein Feuerschein sichtbar. Nach wenigen Minuten steht die Puppe in hellen Flammen. Der Widerschein läßt die Bootsrümpfe und Gesichter der Zuschauer erglühen.

Klampe steht gebannt im Cockpit und kann kein Wort hervorbringen. Welch' großartiges Schauspiel!

»Siehst du«, hört er Elsbeth wie von weither sagen, »es ist doch toll, daß die Jungs das Schiff nach Norwegen gesegelt haben. Sonst hätten wir nie eine so schöne Sonnenwendfeier erlebt!«

Seit jenem Norwegen-Urlaub liebt Klampe One-Way-Törns. Und jedes Jahr im zeitigen Frühjahr fragt er Dirk: »Wo wollt ihr denn in diesem Sommer hinsegeln?«

Probefahrt

W ie sind denn die Segeleigenschaften?« erkundigt sich der Interessent am Telefon.

»Also, meiner Meinung nach ausgezeichnet, sie ist schnell, geht flott durch den Wind und läßt sich ausgezeichnet handhaben«, antwortet Klampe.

»Nun ja«, meint sein Gesprächspartner, »das behaupten alle Verkäufer, doch erst eine Probefahrt kann mich vollends überzeugen – wie sieht's denn damit aus?«

Das klingt nach ernsthaften Kaufabsichten, frohlockt Klampe und fragt, ob der kommende Sonntag genehm sei?

»Ausgezeichnet«, antwortet sein Gesprächspartner und erbittet einen möglichst frühen Termin, so um 08.00 Uhr.

Bereits um 07.00 Uhr ist Wegerich am nächsten Sonntag auf den Beinen, schrubbt die Nixe von innen und außen, poliert schnell noch den Kajütaufbau und schießt alles Tauwerk ordentlich auf.

Die Borduhr schlägt acht Glasen, als er die Crew den Steg entlangmarschieren sieht. Voneweg der Interessent, zünftig im blauen Troyer, behütet mit einem Elbsegler, den Segel-

overall über den Arm gehängt, dahinter eine nicht minder schiffig gekleidete blonde Dame mit einem riesigen Picknickkorb, und am Tampen ein wohl zehnjähriger Junge mit seiner kleinen Schwester an der Hand.

Erwartungsvoll machen sie vor dem Boot Halt. »Da sind wir«, strahlt der Käufer, und Muttern ergänzt: »Einen besseren Tag hätten wir für die Probefahrt gar nicht erwischen können!«

In der Tat, die Sonne scheint, die Brise ist frisch, und warm ist es auch.

»Bei dem Wetter werden wir sie nie wieder los«, flüstert Elsbeth Wegerich ins Ohr, während die Crew mit – wie es scheint – gewohnter Fixigkeit an Bord klettert.

Also legen sie ab, segeln hinaus auf den großen Fluß und kreuzen stromabwärts. In einer Stunde, überlegt sich Klampe, könnten alle Fragen geklärt und der Probetörn beendet sein. Tatsächlich zeigen sich die Gäste sehr interessiert:

»Wie heißt die Insel dort drüben? Können wir nicht mal darum herumsegeln? Gibt es da einen schönen Ankerplatz?«

Leicht irritiert blickt Elsbeth erst Wegerich an, dann in die Kajüte hinunter. Dort rangelt auf den Polstern gerade der Filius mit seiner Schwester, deren Beine in der Luft herumfuchteln und dabei der Petroleumlampe gefährlich nahe kommen.

Ob der Interessent nicht mal das Ruder übernehmen möchte, erkundigt sich Klampe.

»Natürlich, mit dem größten Vergnügen!«

»Und, wie segelt sie?«

»Ein wunderbares Schiff«, hören die Klampes, »genau das Richtige. So etwas suchen wir schon lange!«

Es scheint zu klappen, sinniert Wegerich, dann wären da nur noch die Finanzen zu klären. Warum hat er in der Anzeige bloß »Verhandlungsbasis« geschrieben!

»Über den Preis können wir noch verhandeln«, wagt Klampe die Begeisterung seines Interessenten zu stören.

»Ach wissen Sie«, wirft die Gattin leichthin ein, »über Geld redet man am besten bei einem guten Tropfen – wir machen doch bestimmt irgendwo fest – oder?«

Und so fällt gegen Mittag der Anker in einem stillen Nebenarm. Muttern holt aus dem mitgebrachten Picknickkorb frisches Stangenweißbrot, Schafskäse, Oliven, Knoblauchwurst, eine Flasche Wein, Kekse und jede Menge Cola hervor.

»Das machen wir immer so«, erklärt sie, »wenn wir schon mit Ihnen segeln dürfen, wollen wir uns wenigstens mit ein paar Häppchen revanchieren!«

Höfliche Leute, denkt Klampe – doch was heißt hier eigentlich »immer«? Eine leise Ahnung beschleicht ihn und umwölkt die Stirn. Ach was, der Interessent hat doch gesagt, daß er nach so einem Schiff schon lange sucht, da macht man schon den einen oder anderen Probeschlag mit.

Und tatsächlich, nachdem der Käufer den letzten Olivenkern über Bord gespuckt hat, kommt er zur Sache: »Also, mit dem Kaufpreis wären wir wohl einverstanden – bei dem Pflegezustand! Allerdings sind da noch ein paar Dinge mit unserer Bank zu regeln ...«

Und so leise flüsternd, daß nur Klampe es hören kann, fügt er hinzu: »Nächste Woche wird nämlich einer unserer Sparverträge fällig – Sie wollen das Geld doch sicher bar haben?«

Etwas verwirrt nickt Wegerich zustimmend. Lose verabreden sie sich für den nächsten Mittwoch.

Nachdem nun auch diese Hürde genommen ist, wird es ein schöner Nachmittag. Sie kreuzen noch etwas stromabwärts, um dann unter geblähtem Spinnaker die Heimreise anzutreten. Am späten Abend verabschieden sich Wegerich und Elsbeth gutgelaunt und auch etwas wehmütig von der Käuferfamilie, die sich überschwenglich für den schönen

Segelausflug bedankt, nicht ohne noch einmal zu beteuern, daß sie die Nixe auf jeden Fall haben möchte.

Der nächste Mittwoch verstreicht, ohne daß der neue Eigner sich meldet. Am übernächsten Mittwoch weiß Klampe, daß er sich überhaupt nicht mehr melden wird.

Auf dem Clubabend erzählt er die Geschichte etwas ausführlicher. Plötzlich spitzt ein Segelkamerad, der sein Boot an der Ostsee liegen hat, die Ohren:

»Hatte er 'n Elbsegler auf, seine Olsch war blond, und dann waren zwei Kinder dabei?«

»Wo – woher weißt du?« stottert Klampe.

»Mit denen haben wir im Frühjahr ein Probetörn-Wochenende gemacht, als wir unseren Kahn verkaufen wollten, und mit dem Kaufpreis waren sie auch bei uns einverstanden!«

Hexenschuß

Wenn es hin und wieder im Rücken zwickt und beim Überklettern der Seereling die Beine nicht mehr recht nachkommen wollen, wird dem Skipper klar, daß er so langsam in die Jahre kommt. Freilich versucht man diesen Umstand zu vertuschen, so gut es eben geht, und Klampe macht da keine Ausnahme. Dynamisch fegt er aufs Vorschiff, wenn die »Jungkerls« nicht schnell genug die Segel hochkriegen, und selbst beim dicksten Wetter turnt er zum Reffen ohne Schwimmweste am Mast herum, mag Elsbeth in der Plicht zetern wie sie will. Nein, Klampe kann sich nicht eingestehen, daß es in seinen Gelenken deutlich knackt, wenn er seinen Körper in den Motorraum zwängt und über den Motor krümmt, um an den Ölpeilstab heranzukommen – wäre da nicht ein Vorfall passiert, der seinem Ego mehr geschadet hat, als alle psychischen Blessuren der Vergangenheit.

Eines Tages, sie waren gerade auf dem Weg in die Nordsee und machten Station in Cuxhaven, gibt die Druckwasserpumpe ein kreischendes Geräusch von sich, um gleich darauf ihren Dienst einzustellen. Die Pumpe steckt unter dem Bodenbrett in der Backskiste, die für den vollschlanken Klampe nicht gerade geräumig ist. Aber wenn er das marode Ding ausbauen will, muß er da hinein. Also wartet Wegerich ab, bis Elsbeth zum Shoppen geht, und macht sich dann ans Ausräumen der vielen Dinge, mit denen die Backskiste vollgestopft ist. Danach zwängt er sich, bewaffnet mit Schraubenzieher, Zange und diversen Schraubenschlüsseln, durch die Öffnung. Drinnen beugt er sich, den Kopf voran, weit hinunter, um die Pumpe zu erreichen, wobei ihm augenblicklich der Schweiß auf der Stirn steht, weil die Luft knapp wird.

Noch ein Stück tiefer, gleich ist er dran – da spürt er im Rücken einen Stich, als hätte ihm jemand einen Dolch zwischen die Rippen gejagt. Klampe stößt einen röchelnden Laut aus und versucht, seinen Körper aufzurichten, doch der gehorcht seinem Willen nicht mehr. Unfähig, sich auch nur einige Zentimeter aus dieser Position herauszumanövrieren, bleibt er auf den Knien hocken, den Oberkörper vorgebeugt, so daß ihm das Blut in den Kopf schießt. Nicht mal um Hilfe rufen kann er, denn seiner Kehle entringt sich nur ein unartikuliertes Keuchen.

Wie lange er so ausgeharrt hat, kann Klampe später nicht mehr sagen. Doch dann hört er Schritte längsseits. Elsbeth kommt vom Einkaufen zurück. Nanu, wo steckt nur ihr Skipper?

»Wegerich«, ruft sie, »nimm mir mal die Einkaufstüten ab!«

Keine Antwort. Suchend wandert ihr Blick über Deck. Plötzlich erstarrt sie vor Schreck, denn eine Hand tastet langsam über den Rand der Backskistenöffnung, wobei die

Finger eine unheimlich wirkende, winkende Bewegung machen. Im Nu ist Elsbeth achtern in der Plicht und blickt entsetzt auf den gekrümmt in dem Loch steckenden Wegerich.

»Um Gottes Willen, komm doch hoch – soll ich dir helfen?«

Wieder macht die Hand eine ganz langsame, winkende Bewegung. Elsbeth beugt sich in die Öffnung hinein.

»Hol' einen Arzt«, hört sie die krächzende Stimme ihres Skippers.

Natürlich hat Clubkamerad Marquard, der mit seiner Quatze achteraus liegt, das ganze Spektakel mitbekommen.

»Elsbeth, ich rufe mit meinem Handy den Rettungsdienst an, die sollen einen Arzt schicken«, preit er herüber.

Für Klampe endet die Qual seines engen Gefängnisses erst, nachdem der Arzt ihm eine Spritze in den Rücken gegeben hat. Gemeinsam versuchen daraufhin die Männer, den schweren, völlig erschlafften Körper aus der Gruft zu ziehen, was nach mehreren Versuchen, begleitet von Klampes wilden Flüchen, endlich gelingt. Da liegt er nun apathisch auf der Koje, während die Retter draußen im Cockpit von Elsbeth einen aufmunternden Gammel Dansk verordnet bekommen.

»Das ist wieder so ein typischer Fall«, hört er den Arzt sagen, »die Alten wollen nicht wahrhaben, daß sie sich manchmal zuviel zumuten. Solche Arbeiten sollten sie lieber von einem Jüngeren machen lassen!«

Bootskauf

Klampe geht gern auf Bootsausstellungen, obwohl er schon vorher weiß, daß er hinterher gefrustet ist. Das liegt weniger an den astronomisch hohen Bootspreisen, sondern vielmehr an der Tatsache, daß die Verkäufer gewöhnlich so tun, als hätten sie es gar nicht nötig, ihre schwimmenden Untersätze zu verkaufen. Geradezu herablassend blicken sie von hohen Rümpfen auf das Fußvolk, das sich durch die Gänge drängelt. Um einen Blick in das Allerheiligste werfen zu dürfen, ist zuerst ein Besichtigungstermin einzuholen, wobei die aufgetakelte Dame hinter dem Empfangstresen den Bittsteller von unten bis oben mustert und die Frage zu stellen scheint, ob der die nötige Kohle hat?

So willigt Klampe eher mit gemischten Gefühlen ein, seinen Freund Jörg bei einem Bootskauf beratend zur Seite zu stehen. Jörg hat zwar genügend Mäuse auf dem Konto, sieht aber nicht danach aus. Denn er pflegt das Understatement, läuft in Outdoor-Sandalen herum, trägt einen selbstgestrickten Wollpullover und ausgebeulte Cordhosen. Wer

ihn nicht kennt, würde gern ein paar Mark springen lassen, damit er sich was Anständiges zum Anziehen kaufen kann.

Jörg hat ein ganz bestimmtes Schiff aus Schweden im Auge, das heißt, eigentlich sind es zwei Boote von zwei verschiedenen Werften. Beide kosten eine runde Viertelmillion. Nach der Terminabsprache – wobei Klampe im Blazer die Audienz einfädelt – dürfen sie beim ersten Kandidaten an Bord gehen. Zwei Werftrepräsentanten sitzen etwas gelangweilt auf schwellenden Sofapolstern und prosten einem augenscheinlich guten Gast mit einem Gläschen Cognac zu.

Jörg beginnt sofort, diverse Bodenbretter hochzunehmen, Schapptüren aufzureißen sowie Kojenpolster umzudrehen. Bald darauf hängt er über Kopf im Motorraum und bittet Klampe, für Licht zu sorgen. Wegerich wagt kleinlaut, die Runde im Salon zu stören: »Bitte, wo ist der Lichtschalter für den Motorraum?«

»Den gibt es nur als Extra-Zubehör«, bekommt er pampig zur Antwort.

Mittlerweile findet Klampe die Inspektion seines Freundes eher peinlich und verabschiedet sich mit den Worten: »Ich geh' schon mal eine Besorgung machen, wir treffen uns später im Foyer!«

Nachdem Jörg alle für ihn wichtigen Innereien des Bootes inspiziert hat, wendet er sich an die Verkäufer: »Entschuldigung, würden Sie mir bitte sagen, wie teuer das Boot in dieser Ausführung ist?«

Keine Antwort. Jörg macht einen neuen Vorstoß: »Ist dies die Standardausführung?«

Einer der Herren wirft indigniert einen abschätzenden Blick auf den Fragesteller und sagt dann in einem Ton, der keine Widerrede duldet: »Sie sehen doch, daß wir beschäftigt sind!«

Jörg dreht sich auf den Absätzen seiner Sandalen um, klettert von Bord und läuft die paar Schritte zum Konkurrenzboot, das gerade gegenüber in der Halle steht.

Am Abend begießen Wegerich, Elsbeth und sein Freund Jörg nebst Frau einen erfolgreichen Bootskauf. Auch in einem der Messe nahe gelegenen Lokal wird gefeiert. Rein zufällig sitzen die Konkurrenten aus Schweden am selben Tisch. »War heut' ein prima Tag«, sagt der eine Bootshersteller, »habe zwei Abschlüsse getätigt!«

»Bei uns lief gar nichts«, antwortet sein Gegenüber, »man muß sich nur mit Leuten absabbeln, die sowieso kein Geld haben. Sogar ein Penner war an Bord!«

»Trug er Outdoor-Latschen und einen Rollkragenpullover?« fragt der erste Schwede.

»Ja, wieso, war der auch bei euch?«

»Stell dir vor«, antwortete der erfolgreiche Verkäufer und nippt am Schampus, »der kam auf meinen Stand und hat nur nach dem Kaufvertrag gefragt. In zehn Minuten waren wir uns handelseinig!«

Freitagssegeln

Daß die meisten Seeleute abergläubisch sind, ist Klampe nur allzugut bekannt. Und obwohl er selber nicht an den Klabautermann glaubt, sollte man das Unglück nicht herbeireden, wie er meint. Und daß der Jugendobmann seines Vereins eine seltsame Entscheidung trifft, kann er nicht verhindern: Der Jugendkutter darf am Freitag nicht zum Sommertörn nach Dänemark auslaufen.

»Freitags segeln Unglück bringt«, sagt der Obmann zu Klampe, »gerade weil es Jugendliche sind, kann ich es nicht verantworten, daß sie Freitag zum Sommertörn starten, das hat auch bis Sonnabend Zeit!«

Wenn Wegerich schon Elsbeths ständige Horoskop-Deutungen und astrologische Voraussagungen auf den Geist gehen, so ist er nun vollends gefrustet: »So abergläubisch kann doch kein moderner Mensch sein«, raunzt er seinen Freund Rainer, den Jugendobmann, an, »wir sind doch früher auch immer am Freitag losgesegelt, und nix ist passiert! Ich würde mich den Teufel um so ein dämliches Sprichwort kümmern!«

Das tut er denn auch nicht, als die Nixe eines Tages endgültig verkauft worden ist. Klampe und Elsbeth haben die Freunde Karin und Benno zum letzten Elbtörn mit dem Boot eingeladen. In der folgenden Woche soll es übergeben werden.

Mit Sack und Pack ziehen sie am Freitag mittag an Bord und legen bei bestem Sonnenschein im Yachthafen ab. Die Flut läuft noch auf, aber sie hoffen, bei dem frischen Wind trotzdem gegenan zu kommen.

Kaum segelt die Nixe auf dem Strom, übergibt Wegerich seinem Freund Benno das Ruder. »Ich glaube, wir können einen Sherry vertragen«, sagt Klampe, »ich hol' eben die Gläser aus dem Schapp!«

Unter Deck bereitet er die Runde vor und will gerade mit dem Tablett in der Hand den Niedergang aufentern, als sein Arm gegen das Achterschott prallt, so daß der schöne Sherry aus den Gläsern schwappt. Gleich darauf richtet sich das Schiff auf, verharrt einen Moment und rumpelt dann zum zweiten Mal kräftig über etwas unangenehm Hartes. Wie der Blitz ist Klampe im Cockpit und erkennt sofort die Situation: Der revierunkundige Benno ist beim Kreuzen zu weit aus dem Fahrwasser gelaufen und hat die Nixe über ein Stack gesteuert. Vor Schreck hat er dann die Großschot losgelassen und das Boot in den Wind gedreht, worauf es, vom Flutstrom getrieben, erneut mit dem Kiel gegen die Steine stieß. Nun dümpelt die Nixe ohne Fahrt im Strom.

»Verdammter Mist«, schreit Klampe, »hast du den Stackbusch denn nicht gesehen?«

Benno ist immer noch starr vor Schreck und kann keine Antwort geben. Nur Elsbeth denkt sich ihren Teil. Ja, ja, die letzte Fahrt, und dann am Freitag, da muß ja wohl etwas schiefgehen.

Zum Glück ist nichts Ernsthaftes passiert. Als endlich Ebbe einsetzt, bessert sich die Stimmung wieder, denn die NIXE kommt nun flott voran und segelt die folgenden Stunden elbabwärts. Nachdem sie mit einsetzender Flut den alten Prielhafen von Freiburg erreicht und an der hohen Kaimauer längsseits festgemacht haben, instruiert Klampe seine Crew: »Hier fallen wir bei Niedrigwasser trocken, darum müssen wir das Boot gut an Land vertäuen, damit es nicht umfallen kann!«

Trotz des guten Rotspons, den Benno und Karin mitgebracht haben, wird es ein wehmütiger Abend. »So ein Schiff ist einem ja doch ans Herz gewachsen«, sagt Klampe, und ergänzt in Erinnerung an eine lang zurückliegende Diskussion, »weil auch Schiffe eine Seele haben!«

»Du nun wieder mit deinen philosophischen Gedanken und Spökenkiekereien«, lästert Elsbeth, »fehlt nur noch, daß du den Klabautermann auf dem Masttopp sitzen siehst, der uns Böses will, weil wir die ›Dicke‹ verkauft haben!«

Am nächsten Morgen legen sie ab, sobald die NIXE mit der Flut aufgeschwommen ist. Klampe läßt die Festmacher einholen und stellt den Motorhebel auf langsame Fahrt voraus. Kaum sind sie einige Meter vom Kai entfernt, als das Schiff verharrt, sich ein wenig schüttelt, um dann, wie von einem Gummiband gezogen, mit dem Heck voran zur Anlegestelle zurückzufahren.

Klampe guckt verdutzt. Das ist doch nicht möglich! Sind alle Festmacher eingeholt? Ja, alle liegen an Deck. Vielleicht ist das Boot auf eine Schlickbank gelaufen? Das wird es sein!

Mit Fahrt achteraus sollte das Ablegemanöver wohl klar gehen.

Klampe legt den Rückwärtsgang ein und gibt Gas. Mit schäumendem Heckwasser fährt die NIXE achteraus. Na, wer sagt's denn! Doch plötzlich verharrt sie erneut, schüttelt sich unwillig und schießt, nun mit dem Bug voran, auf die Kaimauer zu.

Wegerich steht mit offenem Mund am Ruder. Das Boot gehorcht ihm nicht! Was hat Elsbeth gestern noch geunkt? Sollte die NIXE den Verkauf übel nehmen und sich auf diese Weise rächen?

Der Skipper ist fassungslos. Hier müssen irgendwelche höheren Kräfte ihre Hand im Spiel haben. Aber warum lacht der Kerl da oben auf der Kaimauer bloß so ungeniert?

Plötzlich wird Klampe von Elsbeths Stimme aus seiner Lethargie gerissen:

»Sieh mal, Wegerich, da oben auf dem Masttopp sitzt der Klabautermann!«

Klampe hebt seinen Blick. Da spannt sich doch wahrhaftig ein Fall vom Masttopp aus zum Laternenpfahl an Land!

»Binden Sie Ihr Schiff immer so komisch fest?« ruft der Kerl vom Kai herab und lacht, bis ihm die Luft wegbleibt.

Wegerich möchte am liebsten unter Deck verschwinden. Hat er doch vergessen, das Fall loszubinden, mit dem er gestern abend die NIXE gegen das Umfallen sichern wollte!

Als sich Benno dann draußen auf der Elbe den Daumen im Großschotblock so stark klemmt, daß er nichts mehr anfassen kann, weiß Klampe eines ganz genau: Nie wieder wird er an einem Freitag zur letzten Fahrt mit einem liebgewonnenen Segelschiff auslaufen!